严晓星 著

金庸識小録

增订本

四川文艺出版社

增订本序

和千万同龄人一样，我少年时迷上了金庸，最初是看到别的同学在看，借来翻阅，往往是一套中没头没尾的中间一二册；后来欲罢不能，自己从租书店租“金书”来看，一本一天几角钱，为了省钱就要赶快看完，每天也没有很多时间读小说，中间许多地方不免囫囵吞枣，不求甚解。再后来，因为实在太喜欢，几乎过几天就想重温一遍，大着胆子拿压岁钱换了一整套价值不菲的三联版《金庸作品集》，藏在书柜深处，每天晚上都可以翻阅。但一整套书毕竟目标太大，很快被家人发现，认为我“学坏”了，痛心疾首地训斥了我很久——那时家人如果能够知道，若干年后，金庸研究会成为文化和学术界的显学，我还能为一部学识渊博的金庸研究著作写序，不知会做何感想。

那些年，金庸每部书我至少都读了十遍八遍。读金庸的诸多快乐感动，此处不必细说。但有一点令我印象颇深。我并非追星一族，当时金庸对我来说只是个名字，金庸小说一十五部读完，自然就开始寻找其他相似的作品。并世其他武侠大家，也有不少佳作，有些第一遍的阅读快感也与金书仿佛，然而能引起再读兴趣的，就少之又少，绝大多数情节一旦熟悉，便不耐再多翻阅。至于某些号称“金庸新著”的伪书，更是翻上两页便知其假劣，一眼都不会多看。

当时我只知道，金庸小说“好看”，其他的“不好看”，至少“不如金庸好看”，讲不出太多道理。但后来慢慢感觉，除去情节精彩，金庸小说中还有一些特殊的地方，能吸引人们在对情节早已熟极如流后，仍然可以反复品味琢磨下去。所以时至今日，市面上已有数十（百？）种解读金庸的著作。虽然理解上言人人殊，但这种特殊处一定是超出文本也超出故事本身的某个层面，和莎士比亚或《红楼梦》一样，通向精神世界的无限，值得热爱者们去一直讨论和追索，从中得到无尽的乐趣。

在我自己的两本戏作（《剑桥倚天屠龙史》和《剑桥简明金庸武侠史》）中，我更多地从世界性和历史性方面去看待金庸作品内蕴的无限，也就是说，其中包含一个超出故事之外的广阔世界，甚至可说是“金庸宇宙”。但本文中，我想可以从另一个角度去思考。严晓星先生的这一部《金庸识小录》是一部极博学的考证之作，它给我的一个启示是，金庸小说中大量的器物、名号、典故、引语、人物、情节等，都有远在书外的关联出处，尽管不必通解也能看懂小说，但这种“懂”可能只是浮于表面而错过了深层的内涵与脉络。虽然金庸的读者少有“独恨无人作郑笺”的苦恼，但有《金庸识小录》这样的指引，金庸作品水下冰山般的丰富内蕴才能更好地为读者所认识。

比如本书第一篇《紫白金青》虽然短小，但十分重要。作者在此言简意赅地指出了明教四大法王名号的设置，是以深厚的西方文化为背景的。龙、鹰、狮、蝠四种动物在西方文化中既极重要，又有和中国很不相同的意蕴，无论放在明教作为西域宗教的设定下，还是元代东西方文明交流的大背景下，都十分允洽而出彩。若换成龙、凤、虎、龟之属，感觉就会大为无趣。这些在一般读者阅读中，可能只是感到有些别样的情趣，却不会去想其中的深意。但这种趣味正是以背后的精妙设计为支撑的。

也许有人会抗议说，这些有过度诠释之嫌。比如第二篇《蟹汁化漆》虽指出了其中某种医术在医学史上自有依据，但也谈不上什么深刻寓意吧？就是胡诌一个什么汁，大概也没什么差别。话虽如此，但这种看似不必要处也所在皆有的化用，却表明金庸小说潜在的“超文本”特征，指向一个更广大的文化视域。

与钱锺书和翁贝托·艾柯这样的大学问家不同，金庸作品的超文本性，并不是学院派的引经据典，讲究无一字无来历。而是来自金庸自幼生长其间，日夕涵泳的文化母体。“金书”中可探讨的名物故实囊括三教九流，医卜星相、稗官野史甚至俚语小调等“地方性知识”，文人雅士喜好的经史诗词反而用得较为克制。如果说这一文化母体在金庸的童年和少年时代尚还有大致完整的面貌，但在嗣后政治经济变迁和现代化大潮的冲击下早已七零八落，不成面目。而托金庸作品之福，尚能不绝若线，保存在天南一隅，以某种超现实世界的面貌出现，反哺其故土，实堪惊叹。当然，这些“超级链接”所指，若非严晓星先生这样的高手一一钩沉，我们也不易明白其中的深远关联。

无论已经如何远离，这个母体与国人仍有着文化基因上的亲和力，是我们自身认同的源头。因此金庸无论在殖民百年的香港，或者革命数十年后的中国内地，都极易为人接受和喜爱。与之相反，金庸小说始终难以赢得欧美读者，即便“功夫片”曾经在西方大火，即便近年中国的科幻、悬疑等小说出海后也颇有反响，西人对金庸的冷淡依然故我，寥寥几部译作基本毫无反响。其中一个关键点，便是缺乏共同的文化母体，而隔了不止一层。笔者曾经略翻阅过《鹿鼎记》的英译本，第一回中讲“逐鹿”“问鼎”的典故，一页纸上用了《左传》《史记》《汉书》三本书，提到四五个古人和好几个典故，我们的初中生也可以看得津津有味，却已足以令西方一般读者晕头转向，不知所云了。

当然，也不必将金庸打扮成中国文化的某种卫道士，不仅其思想旨趣早非古人可比，从本书中就可以看到，金书中有许多来自印度、波斯、希腊、阿拉伯的掌故，小说情节上也深受近代欧洲小说家的影响，加上近现代一些史事的隐喻，其“超文本”的属性远远超过了文化的边界。但这与上面的文化母体论并不矛盾，毋宁说，这恰是中国文化本身富于活力的表现，与其他文化形态完全可以相互通融，吸纳各种要素而不失本体。这让我们不禁遐想，倘若中外文化的交流以一种更为平等和睦的方式发生，今天的中国文化又会是什么样子呢？

回到金庸，其中某些桥段上太着痕迹的化用，放在今天也许会被人诟病“融梗”，但是也不必将相关考据看成是“报告捕房捉贼起赃”（钱锺书语），金庸之卓才，不仅在于原创的故事构架，也在于将这些古老的文化原型化入小说，融会无间，堪称神来之笔。如本书《一个人需要多少地？》中所论，《射雕英雄传》中郭靖对成吉思汗说，他生前征服万里江山，死后所需也无非尺土葬地，很可能来自古罗马诗人咏亚历山大大帝之语，但用在此处极为妥帖，倘若金庸囿于“著作权”，自己另行发明一套说辞，恐怕就逊色多了。

这让我们想起“爱利恶德”氏的论断：“诗人所有的并不是有待表现的‘个性’，而是一种特殊的媒介（medium），仅仅是媒介，而非个性，通过这种媒介，许多印象和经验，便以奇特的和意想不到的方式结合起来。对于诗人本身重要的印象和经验，也许在诗歌中毫无位置，而那些诗歌中地位重要的印象与经验，对于诗人及其个性来说也几乎可以忽略。”(T.S.Eliot Tradition and the Individual Talent) 虽然是说诗人，但放在金庸这样的小说家身上也完全适用。金庸作品隐含的庞大信息量，正是在中、西、印等数个古典传统交汇的大时代中，由金庸这一浸淫于传统、体大思精的作者所结合的诸多古老经验，以形象的形式重以激活。而若干古老渊源，甚至可以追溯到约翰·坎贝尔所谓的“神话原型”上。就此而言，本书说是“识小”，必然也是纳须弥于芥子之“小”了。

拉拉杂杂说了许多，掉了几个书袋，其实最重要的还是金庸爱好者琢磨切磋的乐趣。在他文中，我曾经讲过一桩往事：本世纪初年，我还在上大学，一次坐夜车返乡，旅途漫长乏味，对面坐着一个男生，本来也无话可谈，尬聊中不知怎么说到金庸，结果二人都是眼睛一亮，谈兴大发，一聊就聊了整夜，下车时几乎成了知己。虽然金庸作品我们这代人大都能说上几句，但熟记于心，能侃侃而谈的也不多见，能遇到一位高手夜话一番，实在是生平一快。后来每次与人聊金庸，说到兴高采烈时，都让我回想起那个难忘的火车之夜。

不过，我这样野狐禅就算把金书翻烂，或者也读不出本书中的许多灼见。作者严晓星先生，和我在网络上相识，多年前赠我本书初版，读后极是钦佩，受益匪浅，惜至今尚未晤面。何时一樽酒，能与细论金，将是何等幸事！适逢《金庸识小录》新版付梓，蒙他不弃，嘱我作序，于是大胆胡诌几句奉上，渭北春树，江东暮云，以寄仰慕，以寄相思。

新垣平

庚子四月既望于长安

初版序

读严晓星《金庸识小录》稿，有两点感受最深：一是对小说文本读得细，每能穿透纸背；二是“杂学”功力甚深，每能知人所不知，详人所不详。

比如，《笑傲江湖》《鹿鼎记》都有影射当时政治的内容，我过去也曾提及，《鹿鼎记》写神龙教教主在夫人的唆使下打击元老，提拔少年，明显影射了“文革”。而晓星更指出：神龙教伪造的天书里有一句“吐故纳新”，教中“高干”黑龙使也说：“吐故纳新，我们老人，原该死了。”这里的“吐故纳新”，并非随意运用成语，而是有“今典”的——当年毛泽东说过“要吸收新血液，要吐故纳新”，由此开展了一场“吐故纳新”的整党运动。举此一例，就很可见他读书的细致和敏锐了。

又如，《鹿鼎记》里有个太监说到皇宫的事情：“……太后和皇上的菜肴，一切时鲜果菜，都是不能供奉的。……倘若皇上吃得入味，夏天要冬笋，冬天要新鲜蚕豆，大伙儿又只好上吊了。”对于这些话，我们一般人都不会特别留心，但晓星却又指出，金庸可能是受了鲁迅杂文《谈皇帝》这一段的影响：“往昔的我家，曾有一个老仆妇，告诉过我她所知道，而且相信的对付皇帝的方法。……吃的东西也不能随便给他吃，倘是不容易办到的，他吃了又要，一时办不到；——譬如他冬天想到瓜，秋天要吃桃子，办不到，他就生气，杀人了。”又引吴相湘《三生有幸》作对比：“我在北平时常听故老传说：顺治皇帝喜爱菠菜，称之为‘红嘴绿鹦哥’。北京一年四季有菠菜，传说即为迎合帝旨。深恐帝一旦传菠菜，而无菜品供御，可能要受处罚。”能如此旁征鲁迅、吴相湘笔下的细节，跟金庸作一个“对照记”，除了善于联想之外，非有广博的阅读基础不可。这又可见，晓星虽有“金学家”的功底，但他的功夫其实更在金庸之外，在武侠小说之外。（顺便自夸一下：研究陈寅恪诗，功夫也得在陈寅恪之外，仅仅熟悉陈寅恪，是无法作出《陈寅恪诗笺释》的。）

总而观之，《金庸识小录》以考掘有关古代故实方面的内容最多，也最有价值。如谈明教与明朝，是历史学；谈金庸所受古典小说的影响，谈“喜心翻倒”，是文学史；谈蟹汁化漆、象鸟、折扇，是博物学；谈大同姑娘，是风俗史；谈双蛇杖，谈“皮格马利翁现象”，更是西学。如此种种，皆左右钩稽，而见一己之得。虽以短小的札记体裁写出，仅成就一册小书，但能免于陈言，其价值实远在坊间所谓“金学”论著之上。

在此，还想说些题外话。

我总觉得，单纯从文学史的立场，无论评价有多么高，仍不足以真正认识金庸。在至今为止的现当代文学史编纂中，海外的武侠小说仍处于边缘，甚至于不入流。身在庙堂之外的王朔尚且轻蔑地批判金庸，则金庸的文学史地位也就可想而知了。可是，假如我们换一个立场，从所谓“传统文化”的角度观察金庸，观察其他的海外通俗文学，就很容易感觉到他们作品中的古典内涵；也就是说，恰恰是海外通俗文学延续了“传统”一脉的香火，使其不绝于大众文化领域。而反观近半世纪风刀霜剑的大陆文坛，在那些主流作家的身上，又有多少“传统文化”可言呢？因此，晓星能从金庸小说中挖掘出如此丰富的古典话题，绝非偶然。试问又有哪一位当代内地作家，能够让我们，或者说值得让我们，也作一部《识小录》呢？

对于金庸晚年的某些言行，我曾有不客气的批评；但对于他的小说，我仍只有欢喜赞叹。眼见有些学院中人质疑他的学识，内心颇觉不平，他们哪里配！如果说陈寅恪是“从史实中求史识”的话，那么，我以为金庸称得上是“从故事中见史识”的。（我曾写过一篇《古典今情中的施琅》，特别以《鹿鼎记》的情节为例，分析金庸的历史观。）以他对中国史的认识和理解，本不需要学院派的承认，他垂老还去读剑桥的历史博士，实属多此一举。而剑桥的汉学家们，倒是应当将金庸小说作为博士论文的题目呢。这些话，想必晓星也是同意的吧。

当代论“金”之作，林林总总，泥沙俱下，除倪匡的早期评论，以及对版本下过功夫的陈镇辉《金庸小说版本追昔》、林保淳《解构金庸》之外，我个人最欣赏的有三家：王怜花《江湖外史》，王怡《不服从的江湖》，还有就是这本《识小录》了。在金庸的江湖世界里，王怜花看到的是激扬文字的青春，王怡看到的是政治和法律，而严晓星看到的是历史和文化的碎片。他们或自浇块垒，或借题发挥，或考镜源流，都不属于一本正经的金庸研究，可谓“写在金庸边上”。这让我想到鲁迅评《红楼梦》的话：“经学家看见《易》，道学家看见淫，才子看见缠绵，革命家看见排满，流言家看见宫闱秘事……”我想，对于伟大的作品，因其内涵的丰富性，总会有不同视界、不同专业的解读。对曹雪芹是如此，对金庸也应是如此。其实论知识和思想水平，相对于各自的时代，曹雪芹又何曾及得上金庸呢？

我对晓星，最早只看过他写的这些金庸札记，后来见到他出了本《近世古琴逸话》，又编了本《高罗佩事辑》，最近才知道他对《孙子兵法》极感兴趣。总的说来，对他不能说特别熟悉，至今也未曾识面，原本缺乏作序的资格。但考虑到金庸小说是我们——甚至也是我们这一代人——成长时代共同的青春课程和集体记忆，遂不敢推辞，兹序如上。

胡文辉

二〇一〇年秋于广州洛城

目　录

紫白金青

“紫白金青”者，《倚天屠龙记》（北京生活 · 读书 · 新知三联书店 1994 年版，以下所引金庸小说，除特别注明的，均引自三联版）中明教四大护法王紫衫龙王、白眉鹰王、金毛狮王、青翼蝠王是也。明教是源出波斯的宗教，金庸笔下的明教总坛在边远的昆仑山中，紫衫龙王本人便是波斯人—— 这一切，都有着浓厚的异国色彩。于是，金庸先生颇将几分西方文化背景的信息灌注其中。

首先是形象选择。在中国古老的传统中，百禽之王为凤，百兽之王为虎。赋予鹰、狮以统治者的象征，是西方的传统。华土并不出产狮子，但到了宋代，已有人称狮为“百兽之王”，这当然是受了西方文化的影响。宋人如此，何况元末之人？至于蝠王之所以为“蝠”，也绝不仅仅是因为他的轻功绝妙，别忘了，他还曾有吸人血以缓解内伤的经历，而蝙蝠吸血、蝙蝠之不祥，正是西方民俗的反映。在中国民间的意识里，“蝠”就是“福”，是吉祥之物，如此可怕的人物哪能叫“蝠王”！

再看名次排列。龙王居首，书中已有说明是鹰、狮、蝠三王的“心甘情愿”之举（见第 1159 页）。那么，在西方文化中同样象征王者之尊的鹰与狮是怎样分出先后的呢？据说，在欧洲纹章学中，狮子的“重要性仅次于鹰”。（《世界文化象征辞典》第 305 页，漓江出版社 2000 年版）

蟹汁化漆

《倚天屠龙记》第四五三页，张无忌问胡青牛，有一人“眼中涂了生漆，疼痛难当，不能视物”，该如何治此怪疾。胡青牛的回答是：“试以螃蟹捣汁敷治，或能化解。”蟹汁何能化漆？心中一直疑惑。后读《博物志 · 药术》（范宁《博物志校证》，中华书局 1980 年版），见有“蟹漆相合成水”之句，始知“胡言”不胡，必有所出。而虽知其然，却不知其所以然。

近又读根据李约瑟博士《中国科学技术史》缩写而成的《中国：发明与发现的国度——中国科学技术史精华》（21 世纪出版社 1995 年版），书中也谈到了《淮南子 · 览冥训》《续博物志》卷九的类似记载（“蟹之败漆”“漆得蟹而散”），并解释这种“听起来像无稽之谈”“表面上看来可笑的传统做法”说：

事实上，甲壳纲动物的组织含有强有力的

> 化学物质，这种化学物质能抑制某些酶（包括能使漆变硬的那一种酶）的活动。李约瑟博士对这种异乎寻常的现象做了如下的评述：
>
> “那么，蟹的组织起了什么作用呢？毫无疑问，公元前二世纪以前，古代中国人无意发现了一种强有力的漆酶抑制剂。通过抑制这种酶的作用，漆的变黑和聚合过程也受到阻止。……蟹的组织的这种作用也不足为奇，因为其他的研究已经证明，它们含有一种强有力的然而又有点神秘的抑制剂——D 氨基酸氧化酶。”（第144—145 页）

看来颇有几分科学道理，于是疑惑顿解。

不过，“蟹漆相合”之后所化出的水，竟然另有妙用。李时珍在《本草纲目》卷四五“蟹”中引千年以前陶弘景的话：“仙方用之化漆为水，服之长生。”朱橚《普济方》卷二六四载有“长生方”：“以蟹化漆为水，服之长生。”不知有无科学家加以研究，得出合理的解释？

以蟹汁化漆，金庸先生言之有据，笔下的胡青牛却说得很保留，“或能化解”，大概他本人也没试过吧！

红楼笔法

一九六九年金庸在一次访谈中对林以亮（宋淇）说：

> 有时不知怎样写好，不知不觉，就会模仿人家。模仿《红楼梦》的地方也有，模仿《水浒》的也有。我想你一定看到，陈家洛的丫头喂他吃东西，就是抄《红楼梦》的。你是研究《红楼梦》的专家，一定会说抄得不好。（《金庸茶馆》第三册第 185 页，中国友谊出版公司 1998 年版）

金庸所指的，大概是《书剑恩仇录》第二九五、二九六页的几行文字，不过却似陈家洛反过来喂丫头吃东西。也许金庸已在修订时将它改过了。

明显抄《红楼梦》而又痕迹宛在的，可见《书剑恩仇录》第二四页陆菲青眼中的霍青桐：

> 那女郎……当真是丽若春梅绽雪，神如秋蕙披霜，两颊融融，霞映澄塘，双目晶晶，月射寒江。

不免让熟悉《红楼梦》的读者想起《红楼梦》第五回对警幻仙姑的描述：

> 其素若何，春梅绽雪。其洁若何，秋菊被霜。其静若何，松生空谷。其艳若何，霞映澄塘。其文若何，龙游曲沼。其神若何，月射寒江。

这一抄，或许可归入“抄得不好”之列。

然而融会贯通之后，抄得好的也不少。这些抄得好的，既非生搬又非硬套，而是加入了自己的理解与创造，因文制宜，不纠缠于一词一句的形似，形成了摇曳多姿的“红楼笔法”。兹举数例：

《书剑恩仇录》第三八一页写乾隆嫖院，“后人有‘西江月’一首为证，词曰……”下面便是一首金庸拟作的“打油词”，极尽嘲弄之能事，令人忍俊不禁。这很容易让人想起《红楼梦》第三回“后人有‘西江月’二词，批宝玉极恰……”不同的是，前者明赞实嘲，后者明嘲实赞。

《笑傲江湖》从开卷到主人公令狐冲本人出场，历一六〇余页十一万余字，其间阅尽善恶、是非、真伪、生死的变幻冲突，真是蓄够了待发之势，吊足了读者的胃口。读来仿佛置身“红楼”，未见凤姐而已闻其声，又不禁会有黛玉对宝玉的猜度：“……不知是怎生个惫懒人物,懵懂顽童? ”(《红楼梦》第三回)

《天龙八部》中段誉这一人物形象，在对女性、感情的态度等方面与贾宝玉有很多相似之处，以至于读者在读此书时往往有进入了红楼世界的错觉。比如段誉当面夸阿朱和阿碧的话：

> 我只觉老天爷的本事，当真令人大为钦佩。他既挖空心思，造了阿碧姊姊这样一位美人儿出来，江南的灵秀之气，该当是一举用得干干净净了。哪知又能另造一位阿朱姊姊。两个儿的相貌全然不同，却各有各的好看，叫我想赞美几句，却偏偏一句也说不出口。(第 435 页)

这就很容易让人想起《红楼梦》第四十九回宝玉对袭人、麝月、晴雯等人说的话：

> 更奇在你们成日家只说宝姐姐是绝色的人物，你们如今瞧瞧他这妹子，更有大嫂嫂这两

个妹子，我竟形容不出了。老天，老天，你有多少精华灵秀，生出这些人上之人来！可知我井底之蛙，成日家自说现在的这几个人是有一无二的，谁知不必远寻，就是本地风光，一个赛似一个，如今我又长了一层学问了。除了这几个，难道还有几个不成？

不仅如此，《天龙八部》在其他地方也不时流露出《红楼梦》的底色。第一八〇一至一八〇二页，到西夏求亲的各路人马将银川公主的贴身宫女当成了公主本人，大悟后都觉得“一个宫女已是这般人才，公主自然更加非同小可”。这番声势，与《红楼梦》第六回的一段相仿佛。刘姥姥跟着周瑞家的去见王熙凤，一路头晕目眩，一见“平儿遍身绫罗，插金戴银，花容玉貌的，便当是凤姐儿了”，差点儿就要叫“姑奶奶”，接着才知道“不过是个有些体面的丫头”。如此衬笔，一脉相承。至于《鹿鼎记》里于八的妙论“京城里连骡子也与众不同”（第713页），不也像极了刘姥姥的乖巧话儿：

谁知城里不但人尊贵，连雀儿也是尊贵的。偏这雀儿到了你们这里，他也变俊了，会讲话。（《红楼梦》第四十一回）

《鹿鼎记》第一六四〇页写韦小宝准备写字：

伯爵大人从不执笔写字，那亲随心中纳罕，脸上钦佩，当下抖擞精神，在一方王羲之当年所用的蟠龙紫石古砚中加上清水，取过一锭褚遂良用剩的唐朝松烟香墨，安腕运指，屏息凝气，磨了一砚浓墨，再从笔筒中取出一枝赵孟頫定造的湖州银镶斑竹极品羊毫笔，铺开了一张宋徽宗敕制的金花玉版笺，点起了一炉卫夫人写字时所焚的龙脑温麝香，恭候伯爵大人挥毫。

这里的铺陈不难与《红楼梦》第五回的一段文字联系起来：

案上设着武则天当日镜室中设的宝镜，一边摆着飞燕立着舞过的金盘，盘内盛着安禄山掷过伤了太真乳的木瓜。上面设着寿昌公主于含章殿下卧的榻，悬的是同昌公主制的联珠帐。宝玉含笑连说："这里好！"秦氏笑道："我这屋子大约神仙也可以住得了。"说着亲自展开了西子浣过的纱衾，移了红娘抱过的鸳枕。

夸张反讽的喜剧风格与象征暗示的奢华氛围，都借助长句的排比与典故的堆砌来表现，虽是一反一正，渊源却不言自明。

林以亮对金庸小说中的红楼笔法怎么看，没有见到明确的文字资料。只知道他极其欣赏金庸小说，特别是《鹿鼎记》。至于其他的红学家，也不乏冯其庸、胡文彬这样的金庸小说热心读者。

学《水浒》 写《书剑》

《书剑恩仇录》的写作，受惠于《水浒》颇多。金庸自己也说："我学《水浒》写《书剑恩仇录》，书中领袖陈家洛与清朝皇帝妥协，受到欺骗，结果十分悲惨，实际上主题是反对向封建官府投降、妥协，含有必须反抗到底的意义。"(《探求一个灿烂的世纪：金庸 / 池田大作对话录》第 317 页，北京大学出版社 1998 年版）这是从立意上说。有人认为红花会众英雄的群体形象的塑造借鉴了梁山好汉，则是从人物形象而言。其实，在情节细部，《书剑》也有"偷招"。

《书剑恩仇录》第七八四至七八五页，红花会群雄、少林寺众僧等被御林军围在宫内：

> 霍青桐见众人杀敌甚多，但不论冲向何处，敌兵必定跟着围上，抬头四望，果见鼓楼屋顶上站着十多人，内中四人手提红灯分站四方，

> 群雄杀奔西方，西方那人高举红灯，杀奔东方，东方便有红灯举起。霍青桐对陈家洛道：“打灭那几盏红灯便好办了！”赵半山听了，从地下捡起一张弓，拾了几支箭，弓弦响处，四灯熄灭。
>
> 群雄喝一声彩。清兵不见了灯号，登时乱将起来。

这很容易在《水浒》中找到其血缘。《水浒》第四十八回，宋江率军攻打祝家庄失利，好不容易摆脱盘陀路往外走：

> 宋江去约走过五六里路，只见前面人马越添得多了。宋江疑忌，便唤石秀问道：“兄弟，怎么前面贼兵众广？”石秀道：“他有烛灯为号。”花荣在马上看见，把手指与宋江道：“哥哥，你看见那树影里这碗烛灯么？只看我等投东，他便把那烛灯望东扯；若是我等投西，他便把那烛灯望西扯。只那些儿，想来便是号令。”宋江道：“怎地奈何的他那碗灯？”花荣道：“有何难哉！”便拈弓搭箭，纵马向前，望着影中只一箭，不端不正，恰好把那碗红灯射将下来。四下里埋伏军兵不见了那碗红灯，便都自乱窜起来。

模仿是太明显了。也许是金庸模仿得正在兴头上，他似乎忘了赵半山是一位使暗器的大师，举手投足都是暗器，何必那么麻烦地“从地下捡起一张弓，拾了几支箭”追随花荣呢？

明教·明朝

一九九二年，考古学者晁华山在确认了大量摩尼教洞窟后特地致函金庸，说《倚天屠龙记》中对摩尼教教义的阐述和许多教规、习惯的描写，真是难得地准确。(《人民日报》1993 年 12 月 11 日第 8 版)能得到专家的如此赞誉，金庸在这方面所下功夫之深自不待言。

摩尼教亦即明教（杨宪益先生反对此说，认为明教与摩尼教无关，而是婆罗门教在中土唐代以后的名称，详见北京三联书店 1983 年版《译余偶拾》第 317—337 页，但没有得到学术界的普遍认同）。《倚天屠龙记》有言及明教与明朝国号的渊源之处，颇引人注目：

> 其后朱元璋虽起异心，迭施奸谋而登帝位，但助他打下江山的都是明教中人，是以国号不

得不称一个“明”字。(第1562页)

朱元璋登基之后，反下令严禁明教，将教中曾立大功的兄弟尽加杀戮。(第1591页)

明朝国号承自明教，是吴晗的创见。金庸很可能参考过吴晗的《明教与大明帝国》(《读史劄记》第235至270页，北京三联书店1979年版)。在这篇长文中，吴晗说：

至“大明”之国号，则私见以为出于韩氏父子之“明王”，明王出于《大小明王出世经》。《大小明王出世经》为明教经典，明之国号实出于明教。(第236、237页)

第以其部曲多红军，为笼络宋主旧部、徐陈降将，为迎合民心，均不能放弃“明王出世”之说。建大明为国号，一以示其承小明王而起，一以宣示“明王”已出世，使后来者无所藉口。(第262页)

然“明王出世”“弥勒降生”均含有革命意义，明暗对立，互为消长，而终克于明。弥勒则有三十次入世之说。使此说此教仍继续流传，则后来者人人可自命为明王，为弥勒，取明而代之，如明太祖之于宋小明王。……洪武元年……

诏禁白莲社及明尊教。（第 267 页）

《明教与大明帝国》是写《倚天屠龙记》的重要参考资料，还有蛛丝马迹可寻。《倚天屠龙记》第九七五页引了一篇南宋王居正的奏章，“臣闻事魔者”一句之前有所节略，张无忌读了一半时说：“那王居正虽然仇视本教，却也知本教教众节俭朴实，相亲相爱。”参之以《明教与大明帝国》（第 248、249 页）所引，不仅同样略去了那一部分文字，吴晗所论“明教互助合作之精神，淳朴节俭之生活，虽其抨击者亦赞叹言之”竟也与张无忌之语意完全吻合。这难道是巧合吗？正如钱锺书先生《容安馆札记》第六百四十则所言：

> 又按《诸家诗话》中录刘辰翁《赵仲仁诗序》，必自《谈艺录》第四十一页转录，故亦略去“味其言外似多有所不满而不知”“也”等十四字。

钱仲联先生做学问如此，不免受钱锺书先生之讥；金庸先生作小说如此，就是其妙处了。金克木先生说得好：

> 阁下所透露的史学佛学见解，论水平未必

是“超一流”，若著书立说也不见得能称首席什么家，得什么国际大奖。然而以史学佛学入小说，在武侠中讲“破相”，那就超人一等了。（《末班车》第124页，中央编译出版社1996年版）

《明教与大明帝国》写于一九四〇年末，刊于《清华学报》十三卷一期。后被编入《读史劄记》于一九五六年出版。此时及稍后数年，金庸尚在香港的“左派阵营”之内，见到此书或许即在其间。当然，以其嗜史之深，稍后觅得亦是常事。

然而，七十年代末以来，这一几成定论的观点受到了质疑。有学者认为“明王”源出佛教，与明教主神“明使”无关，“明王出世”之说系指孔雀明王；领导元末起义的白莲教“三世佛”教义与明教“二宗三际”教义的比附纯属附会，且二教融合缺乏客观可能性。（详见《中国秘密社会》第二卷《元明教门》第46—55页，福建人民出版社2002年版）不过，元末明初本的《推背图》第一幅就是一人手持日月。《鸡肋编》卷上说“事魔食菜”者“不事神佛，但拜日月”，《闽书》卷七说摩尼教徒“朝拜日，夕拜月”，可见日月是明教的象征。这又怎么解释呢？

历史领域的学术纷争且由它去。《倚天屠龙记》的史感已足，作者再行修订，想必无须“与时俱进”

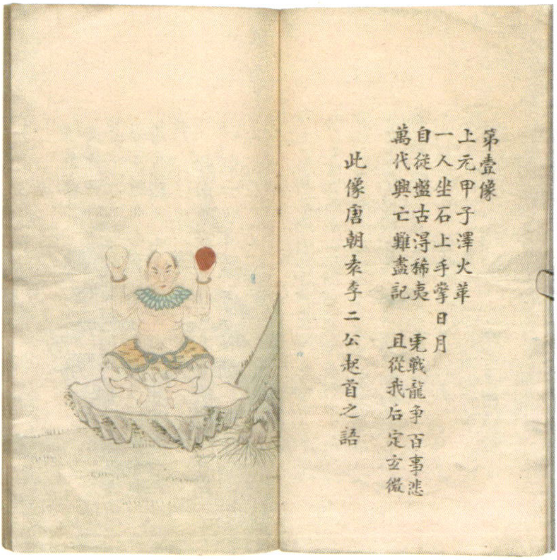

明初本《推背图》第一幅就是一人手持日月

了吧？晁华山先生称道的，原也是对摩尼教教义的阐述和许多教规、习惯的描写。“以史学佛学入小说，在武侠中讲‘破相’，那就超人一等了”。

说出的书本

金克木先生的自传体小说《难忘的影子》（北京三联书店 1986 年版）第二六七页，“青年 A”对友人说起与外国人谈话的顾虑：

> 说话倒也有点怕。不是没有说的，是怕我说出的是书本英文。若我同背书似的讲出阿狄生的两百多年前的英文，只怕她笑掉了大牙，好像我们听人满嘴之乎者也酸溜溜的一样。

无独有偶，金庸笔下就展示了相仿的一幕。《倚天屠龙记》第一一七七页出现了一位满口“尔等”“吾人”的波斯明教智慧宝树王，后来他竟还口吐圣人之言：“学而时习之，不亦说乎？有朋自远方来，不亦乐乎？”金庸解释：“那智慧王所说的中国话是从书本上学来，‘尔等’‘彼人’云云，大为不伦不类。”

（第 1178 页）有如此笑料，精灵古怪的赵敏岂肯放过，当然是“模仿他的声调用语”，鬼扯一通。

以上都是“小说家言”，郭沫若却遇上了实实在在的一幕。一九四五年六月底，他在苏联见到了汉学家阿列克赛也夫院士。这位研究中国古典文学、翻译《诗品》《聊斋》的“阿院士”“能讲中国话，但他的中国话每每是纯粹的文言”，诸如“袁同礼、顾颉刚、马衡诸君无恙乎”之类，（《洪波曲》第 359、378、379 页，人民文学出版社 1979 年版）这当然也是从书本上学来的中国话了。

钱锺书先生文字譬喻纷呈。《论俗气》一文谈装模作样之过火，一个比方正与郭沫若、金克木、金庸三公用意相当：

> 好比说外国话极好的人，往往比说那国话的土人更成语化（idiomatic），这一点过度的成语化反而证明他的非本国籍。（《写在人生边上 人生边上的边上 石语》第 71 页，北京三联书店 2002 年版）

郭沫若、钱锺书大概没读过金庸小说（据说金庸为回报钱锺书赠《管锥编》之桃，曾报以《鹿鼎记》之李，也不知钱锺书读了没有），而从金克木先生的文章中可知，他晚年倒读了不少。当读到《倚天屠龙记》这里时，他有没有会心一笑?

作为耶稣的洪七公

《射雕英雄传》第一四一〇至一四一一页，一灯大师、周伯通、郭靖一干人等合力捕杀裘千仞，裘千仞身临绝境：

> 裘千仞脸色惨白，眼见凶多吉少，忽然间情急智生，叫道："你们凭甚么杀我？"那书生道："你作恶多端，人人得而诛之。"裘千仞仰天打个哈哈，说道："若论动武，你们恃众欺寡，我独个儿不是对手。可是说到是非善恶，嘿嘿，裘千仞孤身在此，那一位生平没杀过人、没犯过恶行的，就请上来动手。在下引颈就死，皱一皱眉头的也不算好汉。"
>
> 一灯大师长叹一声，首先退后，盘膝低头而坐。各人给裘千仞这句话挤兑住了，分别想到自己一生之中所犯的过失。渔樵耕读四人当

年在大理国为大臣时都曾杀过人，虽说是秉公行事，但终不免有所差错。周伯通与瑛姑对望一眼，想起生平恨事，各自内心有愧。郭靖西征之时战阵中杀人不少，本就在自恨自咎。黄蓉想起近年来累得父亲担忧，大是不孝，至于欺骗作弄别人之事，更是屈指难数。

裘千仞乘机欲逃，洪七公适时出现：

裘千仞骂道："臭叫化，你也来多事。论剑之期还没到啊。"洪七公道："我是来锄奸，谁跟你论剑？"裘千仞道："好，大英雄大侠士，我是奸徒，你是从来没做过坏事的大大好人。"洪七公道："不错。老叫化一生杀过二百三十一人，这二百三十一人个个都是恶徒，若非贪官污吏、土豪恶霸，就是大奸巨恶、负义薄幸之辈。老叫化贪饮贪食，可是生平从来没杀过一个好人。裘千仞，你是第二百三十二人！"

这番话大义凛然，裘千仞听了不禁气为之夺。

这让我想起了《新约 · 约翰福音》第八章中的一段记载：

耶稣就直起腰来，对他们说："你们中间谁是没有罪的，谁就可以先拿石头打她。"

文士和法利赛人带着一个行淫时被拿的妇人来，叫她站在当中。就对耶稣说："夫子，这妇人是正行淫之时被拿的。摩西在律法上吩咐我们，把这样的妇人用石头打死。你说该把她怎么样呢？"他们说这话，乃试探耶稣，要得着告他的把柄。耶稣却弯腰用指头在地上画字。他们还是不住地问他，耶稣就直起腰来，对他们说："你们中间谁是没有罪的，谁就可以先拿石头打她。"于是又弯着腰用指头在地上画字。他们听见这话，就从老到少一个一个地都出去了，只剩下耶稣一人，还有那妇人仍然站在当中。

耶稣就直起腰来，对她说："妇人，那些人在哪里呢？没有人定你的罪吗？"她说："主啊，没有。"耶稣说："我也不定你的罪，去吧！从此不要再犯罪了。"

一灯大师等人与将妇人扭送到耶稣处的人们，一开始之所以充满着"惩恶"的热情是出于处在道德制高点的自我感觉。然而，当他们面对受审者的质问或旁观者的点拨时，终于问心有愧。没有人是绝对的纯洁者。

在《射雕》中，洪七公的出现一改局面。在他凛然大义的光辉下，裘千仞哑口无言，扪心自问，顿萌死意。似乎唯独洪七公才有担任终极审判者这一角色的权力。

与洪七公的制裁相反，耶稣选择的是宽恕。但这样的制裁与宽恕唯有洪七公、耶稣可以为之。负罪者制裁他人，是五十步笑百步的恶性发展；宽恕他人，则是对自身罪恶的自我欺骗与放纵。而最高正义化身的洪七公是完美者，作为宗教人物的耶稣更是完美者——连他的母亲都是处女生子，所以，他们有制裁与宽恕他人的特权。处理方式相反，精神却相通。从这一意义上说，洪七公扮演了类似耶稣的角色。

在西方传统思想里，上帝、神、耶稣是终极审判的最后裁定者。因而卢梭《忏悔录》开卷即以敢于在末日审判时将其书呈给上帝为誓。更明显之例，是《基督山伯爵》中基督山伯爵干脆就把自己看作了上帝的化身，行惩恶扬善之事。他兼有宽恕与制裁，俨若耶稣重生。

凡人对裁定权的僭越会招至上帝的不满。格林兄弟搜集的“儿童宗教传说”里，一位行善的隐士看到一个罪人即将被绞死，说了句“他这是罪有应得啊”。当他随后意识到已经惹恼了上帝，却又不知错在哪里，一只鸟儿告诉他说：“你做了不义的事，诅咒了那个被送上绞架的可怜的囚犯，上帝因此生你的气了；只有他才有裁判权呵。”（《格林童话全集》第 613 页，译林出版社 1993 年版）

然而，除了宗教与迷信，终究没有神。只要是人，说出洪七公那样意气风发的话已很难，真正丝毫不差更属无望。中国传统里也有神性大于自然性的“天”，至高至善。结果呢？只要看看千百年来多少人借“替天行道”之名干的事就知道了。这时候，再想想多年前一位报人对金庸说的话，便格外意味深长：

> 方瑜说到洪七公生平没有错杀一个人，对洪七公的话我非常震惊，原因是人类历史上有太多这样的人，认为自己是正义的化身，杀的人绝对百分之百该杀。有这样大的信心，如果是一个政治人物，一定会造成政治悲剧。……像查先生塑造洪七公这样人物的时候，您怎么样给他这么大的自信认为自己不会杀错人呢？

金庸对这番话“完全同意”，并加以发挥，然后来了个“不过”，最后说：“像洪七公，我只描写世界上有这种人，他肯定自己的道德不错，至于怎样去评价，那完全看各人。”（以上见《金庸茶馆》第五册

第 32—33 页）

可是，小说里却没反映出应有的反思，洋溢的都是由衷的认同和景仰。所以，说真的，这么说我还是不满足。

喜心翻倒

钱锺书《石语》(中国社会科学出版社 1996 年版)第三三页记陈衍语：

> 鹤亭天资敏慧，而早年便专心并力作名士，未能向学用功。前日为《胡展堂诗集》求序，作书与余，力称胡诗之佳，有云："公读其诗，当喜心翻倒也。"夫"喜心翻倒"出杜诗"喜心翻倒极，呜咽泪沾巾"，乃喜极悲来之意，鹤亭误认为"喜极拜倒"，岂老夫膝如此易屈邪？

下有钱锺书按语：

> 《小仓山房尺牍·答相国、与书巢》二札皆有此语，是随园已误用矣。

误用久了，便“积非成是”。《书剑恩仇录》第六八页说周仲英“老夫妇晚年得子，自是喜心翻倒”，《鹿鼎记》第五五一页写康熙乍闻父皇尚在人世，“虽仍不免将信将疑，却已然喜心翻倒”，实乃“源源有自”。只是有前贤垫底，倒不忍苛责于金庸先生了。词性的转移，也正体现了语言的发展与演变规律吧。不问出处，单看字面，“喜心翻倒”这四个字也太易让人会错意了！汉语之妙，可见一斑。

还有一点，“喜心翻倒”这个词在港台作家的笔下用得较多。非独古龙、亦舒、倪匡、卧龙生、上官鼎、诸葛青云如此，淹博如高阳亦如此。当然，用的都是后起之义。

“只是诗云子曰读得多了……”

《鹿鼎记》里的少年康熙有点“逐臭之癖”，主要是从韦小宝那里，还有建宁公主那里，学了些“他妈的”“老子”之类的粗话，与韦小宝独处时常常说得不亦乐乎。后来居然还下了一道空前绝后的“密旨”给韦小宝，用语大是粗鄙（见第 1768—1770 页）。对此金庸有妙解：

> 康熙勤奋好学，每日躬亲政务之余，由翰林学士侍讲、侍读经书诗文，只是诗云子曰读得多了，突然说几句“他奶奶的”“屁滚尿流”，倒也颇有调剂之乐。（第 931 页）
>
> 其实韦小宝粗鄙无文，康熙反而欢喜，他身边文学侍从的臣子要多少有多少，整日价诗云子曰听得多了，和韦小宝说些市井俗语，颇感畅快。（第 1118 页）

以帝王之尊而喜操粗鄙之言，不仅其解合乎情理，其事竟也于史有征。大华烈士(简又文)《西北东南风》(上海书店出版社 2000 年版)“荫昌轶事”条：

> 清季满人荫昌（午楼）留学德国，与德废皇威廉极友善，常与长谈。一日有大宴会，威廉竟置诸贵宾于脑后而独造一室，扃门与荫畅谈不倦。其所以然者，闻系因荫极善操德国之市井秽语，威廉亦好作此等语，但格于地位之尊严，不能自由与臣下交谈，因而与荫成莫逆交云。（第 66 页）

看到这里，便想起古人的话：“东海西海，心理攸同。”

沈从文、湘西

一九二八年，沈从文写有《阿丽思中国游记》；一九四一年，十七岁的查良镛因撰文讽刺训导主任而被开除出浙江省立联合高中，那篇惹祸的文章《阿丽丝漫游记》其实可以正名为《阿丽丝联高游记》。这两篇篇幅差距极大的作品都是借阿丽丝的见闻来作的讽刺笔墨。一九二九年，沈从文写有《说故事的故事》；一九六六年，金庸的《一个“讲故事人”的自白》刊于香港《海光文艺》第四期。这两篇文章仅从题目上即可看出传承。

沈从文的湘西情结自不待言。金庸年轻时也有在湘西生活了两年的经历，自然也会受到当地质朴的风情、浪漫的山水、瑰奇的文化乃至剽悍任侠的民风的熏染。《连城诀》中对“湘西沅陵南郊的麻溪铺乡下”的描绘，多多少少是对自己那两年湘西生活的回应。两个敏感的心灵都对当地民歌情有独钟，并分别形诸文字，可见《花花朵朵坛坛罐罐：沈从文文物与艺术研究文集》（外文出版社 1994 年版）第 200—203 页、《三剑楼随笔》（学林出版社 1997 年版）第一七四页及《连城诀》第一四一、一四二页，后者更是“听他们你歌我和地唱着，我就用铅笔一首首地记录下来，一共记了厚厚的三大册，总数有一千余首”。兴致之高，可见一斑。《连城诀》里狄云所唱的山歌，不知是从这三大册一千余首里选出的呢，还是金庸的代拟之作？抑或兼而有之？

蝶梦记

一九五四年十二月八日，金庸以“姚嘉衣”为笔名，在香港《大公报》“影谈”专栏发表过一篇《看〈梁山伯与祝英台〉》（后收入以“林欢”为笔名的《中国民间艺术漫谈》，香港长城画报社 1956 年版），开头便说：

在我故乡杭州一带，有一种黑色的身上有花纹的大蝴蝶。这种蝴蝶飞翔的时候一定成双作对，没有一刻分离。在我们故乡，就叫这种蝴蝶作“梁山伯、祝英台”。这种蝴蝶雌雄之间的感情真是好到不能再好的地步，小孩子如果捉住了一只，另外一只一定在他手边绕来绕去，无论怎样也赶它不走。大概在我六七岁的时候，家里人看着这对在花间双双飞舞的美丽的蝴蝶，给我讲了梁祝的故事。这是我第一次知道世间有哀伤和不幸。

幼小的心灵对人间情感的最初领悟，是一生一世也忘不了的。美丽的蝴蝶，是金庸心中哀伤与不幸的精灵。

他第一部小说《书剑恩仇录》里就有这样的意象，并紧随于陈家洛与香香公主喀丝丽之间。第六〇二、六〇三页，陈家洛给香香公主等人讲梁祝的故事；第七一七页，陈家洛看到“满山红花，蝴蝶飞舞”，想到了喀丝丽。这部小说的结尾是极其浪漫、哀艳的：陈家洛等人想给香香公主移葬，一打开坟，顿时幽香袭人，坟中仅见一摊碧血和陈家洛送她的那块温玉。不久，“只见一只玉色大蝴蝶在坟上蹁跹飞舞，久久不去”。陈家洛写了一首铭文（金庸借用了一下清人原作），最后两句是：“是耶非耶？化为蝴蝶。”

通篇沉浸着感伤诗意的《白马啸西风》里，哈萨克小伙子苏普想起了许多年前那个汉人小姑娘给他讲过的“蝴蝶的故事”（梁祝），其实昔日的小姑娘此刻就在眼前，却已咫尺天涯。

《倚天屠龙记》第二册里那个美丽的蝴蝶谷，更是有情人的伤心地。阿离在此爱上了梦想中的蛮横小子张无忌，纪晓芙在此因坚持“不悔”而惨遭师父毒手，就连蝴蝶谷的主人胡青牛和他的妻子，也

后来，戚芳照着那只死蝶，剪了个绣花纸样，绣在她自己的

西刺绣蝴蝶图案

痴嗔交加、聚少离多，最后同时遇害。

《连城诀》第二九〇、二九一页有些内容是金庸“第一次知道世间有哀伤和不幸”的投影：

> 一对黄黑相间的大蝴蝶飞到了山洞里，一会儿飞到东，一会儿飞到西，但两只蝴蝶始终不分开。戚芳叫了起来：“梁山伯，祝英台！梁山伯，祝英台！”湘西一带的人管这种彩色大蝴蝶叫“梁山伯，祝英台”。这种蝴蝶定是雌雄一对，双宿双飞。
>
> 狄云正在打草鞋，这对蝴蝶飞到他身边，他举起半只草鞋，啪的一下，就将一只蝴蝶打死了。戚芳“啊”的一声叫了起来，怒道：“你……你干甚么？”狄云见她突然发怒，不由得手足无措，嗫嚅道：“你喜欢……蝴蝶，我……我打来给你。”
>
> 死蝴蝶掉在地下，一动也不动了，那只没死的却绕着死蝶，不住地盘旋飞动。
>
> 戚芳道：“你瞧，这么作孽！人家好好一对夫妻，你活生生把它们拆散了。”狄云看到她黯然的神色，听到她难过的语音，心中才觉歉然，道：“唉，这可是我的不对啦。”
>
> 后来，戚芳照着那只死蝶，剪了个绣花纸样，

绣在她自己的鞋上。到过年的时候，又绣了一只荷包给他，也是这么一对蝴蝶，黄色和黑色的翅膀，翅上靠近身体处有些红色、绿色的细线。这只荷包他一直带在身边，但在荆州被捉进狱中之后，就给狱卒拿去了。

不知是湘西也有称蝴蝶为“梁山伯，祝英台”的风俗呢，还是金庸将家乡的习惯放到湘西去写了？戚芳以死蝶为纸样绣鞋，狄云蝴蝶荷包的失落，都是他们个体与共体命运的预示。

同书第三六四页还有这么几句：

忽然，一对彩色蝴蝶飞了起来，正是她当年剪的纸蝶，夹在诗集中的。两只纸蝶在房中蹁跹起舞，跟着从窗中飞了出去。戚芳心中一酸，想起了当日在石洞中与狄云欢乐相聚的情景。那时候的世界可有多么好，天地间没半点伤心的事。

第三七八页写戚芳之死：

戚芳眼神散乱，声音含混，轻轻地道：“那山洞里，两只大蝴蝶飞了进去，梁山伯，祝英

> 台，师哥，你瞧，你瞧！一只是你，一只是我。咱们俩……这样飞来飞去，永远也不分离，你说好不好？”声音渐低，呼吸慢慢微弱了下去。

哀伤与不幸的主题，至此完全导出。

金庸先生的后期小说理性批判色彩渐浓，虽然人生的苦难与不圆满更见纵深，但已不再重复“蝴蝶”意象。到了最后一部《鹿鼎记》，连“侠梦”都没有了，焉论“蝶梦”！

象鸟

金庸在《神雕侠侣》的《后记》里提及“象鸟”：

> 非洲马达加斯加岛有一种“象鸟”(Aepyornis titan)，身高十呎余，体重一千余磅，是世上最大的鸟类，在公元一六六〇年前后绝种。象鸟腿极粗，身体太重，不能飞翔。象鸟蛋比鸵鸟蛋大六倍。我在纽约博物馆中见过象鸟蛋的化石，比一张小茶几的几面还大些。但这种鸟类相信智力一定甚低。(明河社1994年版第1672页。三联版误将“Aepyornis titan”连成一词，“呎”作“英尺”)

沙海昂译注本《马可波罗行纪》(冯承钧译，上海书店出版社2000年版)第四五九页也写到这种鸟：

> 其地（指“马达伽思迦儿岛”——引者注）有巨鸟，每年一定季候中可以见之。……鸟形与鹫同，然其躯绝大，据说其翼广三十步，其羽长逾十二步。此鸟力大，能以爪博象高飞，然后掷象于地，飞下食之。岛人名此鸟曰罗克（Rock），别无他名。

次页注云：

> 一八四八年、一八五一年、一八五四年，法国商人曾在马达伽思迦儿岛发现大卵，一卵容量逾十公斤，世人遂不复疑此种罗克鸟之存在。Geoffroy St. Hilaire 名之曰 Spyornis，并云驼鸟高二公尺，所产之卵小于此鸟六倍，则此鸟之大可知。

都在马达加斯加岛，一个被叫作 Aepyornis titan，一个被叫作 Spyornis，显然是同一种鸟。“Spyornis”应为“Aepyornis”的误排，“titan”是巨型、巨人的意思，“Aepyornis titan”当即 Aepyornis 之最大者。二者的差异只不过在马可 · 波罗说得神奇一些，而金庸说得科学一些，信而有征。但是，金庸必定参考过马可 · 波罗的这段文字（包括上引后人的注），因为他

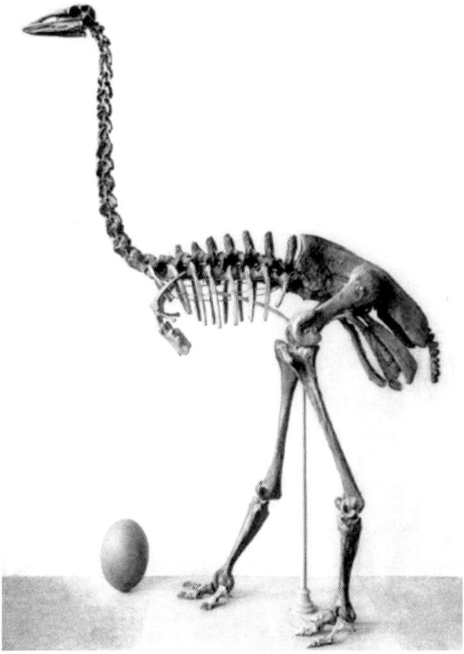

象鸟骨架，一九一三年摄。

读过《马可波罗行纪》的冯承钧译本并曾在著作中多处引用（见《射雕英雄传》第1476—1481页《成吉思汗家族》注释及所列参考书目），也采用了象鸟蛋六倍大于鸵鸟蛋这一形象说法。

“博象高飞”，实际上似不可能，但有此传说应该不假。有材料说，“象鸟”（elephant bird）作为Aepyornis的俗称，即得自《马可波罗行纪》的这段记载。我却觉得似乎更像是以最大的陆地动物来喻最大的鸟类(相反的情形有“蜂鸟”,是以蜂喻小)。《英汉大辞典》（上海译文出版社1993年版）有aepyornis词条，译为“隆鸟”，释义：“一种不会飞的巨鸟，产于马达加斯加岛,现已绝种。”未知“象鸟”“隆鸟”，哪一种译名更好?

黄药师形象探源

黄药师这一艺术形象的来源主要有二：一是民间传说中的诸葛亮、刘伯温式的聪明绝顶、无所不知、多才多艺的智者；一是蔑视礼教、不拘小节、至情至性、狂放旷达的魏晋人物。诸葛亮、刘伯温之所以被“神化”“妖化”，乃至又在黄药师形象中复活，主要是有意无意地迎合广大故事欣赏者对智慧不自觉的向往心理；而魏晋风度的成分则是作者有意识的自主选择，毕竟，大多数人无法理解、不愿接近甚至排斥、敌视这种离经叛道、不可理喻的表达方式。

黄药师首相亮相的《射雕英雄传》写于一九五七至一九五九年间，正是金庸在香港左翼阵营的最后两年。也就是从一九五九年开始，他全力开创属于自己的事业——《明报》。金庸为什么离开存身十年的左翼阵营？他有过夫子自道：

我在《大公报》前后十年，马列主义的书看了很多，也花了很多力气研究，属于有点成绩的人，开小组讨论会时，我是组长。但我觉得他们的管理方式与我格格不入，因此决定辞职，转到长城电影公司当编导。(《名人心路》第57、58页，香港南粤出版社1990年版）

他们对于戏剧的限制非常严，编个剧本要这审查、那研究，工作很受限制，那不是个适当的创作环境，我没坚持下去。(《金庸传奇》第412页，广东人民出版社1996年版）

沉闷与压抑，越到后来也就越难忍耐。《射雕》的写作，适逢其时地给金庸打开了一扇窗子。主人公郭靖还是规规矩矩地向着大侠的未来成长，黄药师却光彩夺目地寄托他对教条的厌恶与对个性的张扬。羽翼渐丰，他终于要摆脱忍气吞声、委曲求全、小心谨慎的日子了。

现在还可以想象金庸写黄药师时的淋漓畅快。

聚贤庄中的酒杯

在《神雕侠侣》与《笑傲江湖》之间，金庸创造了一系列超越一般意义的“正邪”的人物。杨过曾叛出全真教，一度不顾民族大义，投到蒙古南征军中效力，还图谋刺杀“侠之大者”郭靖，已很难以一般意义上的正派人物去界定。《笑傲江湖》则以令狐冲、刘正风、岳不群等人为代表，更猛烈地冲击了一般意义的正邪之分。在《神雕》《笑傲》之间，还有在正邪间“无心插柳柳成荫”的张无忌，遭受命运捉弄被正派人士逼得走投无路的萧峰等形象。那么，金庸为什么会对“正邪”这一主题投入如此之多的思考？为什么会一再重现这个主题？

将这几部小说创作的时间段内金庸的经历对照来看，就会发现它们处在一种彼此呼应的状态之中。金庸因不满于左翼阵营内部教条主义的束缚而自立门户，创办《明报》，《神雕》就开始连载于《明报》创刊之日；《倚天》开始写作不久，《明报》经历一九六二年逃亡潮报道事件，与左翼阵营显示了差异；《天龙八部》写作期间，《明报》又经历了一九六四年因核爆问题与左翼报纸的笔战，完全走到了旧日阵营的对立面；《笑傲江湖》写于“文革”之初，《明报》已旗帜鲜明地表示了反对“文革”的立场。这个过程，正是金庸生命中一段极其重要的心路历程。他是以个人的经历为切入点，与时代背景融合在一起，坚持独立思考，将所思所感自然流露在小说创作之中。他在描写个人心理时，无所归依的边缘感、孤臣孽子的悲怆感、天地一人的孤独感，都是相当逼真、深刻的，因为这都是作者亲身的感受。他在写这些人物、这些情感的同时，也寄托了欲说还休的潜在期望：有解释，有呼唤，有自勉……当时尚在左翼阵营的梁羽生作为一位深知内情者也感受到了，因此在一九六六年写的《金庸梁羽生合论》（《金庸茶馆》第五册第202—232页）中不仅敏锐地觉察到了金庸小说向“正邪不分”方向的转变，还特地谈到《天龙八部》里萧峰在聚贤庄与往日兄弟干杯断义、展开生死搏杀一节，并站在当时的立场上说：“读者甚至会有这样的疑问：‘作者是否要借聚贤庄中的酒杯，以浇自己胸中的块垒？’”

不了解金庸的经历，谁能从这杯酒里看出这么丰富的内涵?

“因为那时候我还不明白”

一九六一——一九六三年间，金庸先生完成了“射雕”三部曲最后一部《倚天屠龙记》的创作。一九七七年三月，金庸为此书的单行本写了篇“后记”，最后两节是这样的：

> 然而，张三丰见到张翠山自刎时的悲痛，谢逊听到张无忌死讯时的伤心，书中写得也太肤浅了，真实人生中不是这样的。
>
> 因为那时候我还不明白。

通篇平实的叙述和议论，却以这么一句舒缓的蕴涵着深深的体会和失落的话结了尾，读来倍觉怅怅。

“那时候”“不明白”而“现在”却明白了，是因为金庸先生写这几句话的五个月前，他的长子查传侠在美国自杀辞世。一九九七年，金庸在与池田大作的一系列对话中有这样的回忆：“一九七六年十月，我十九岁的长子传侠突然在美国纽约哥伦比亚大学自杀丧命。这对我真如晴天霹雳，我伤心得几乎自己也想跟着自杀。”(《探求一个灿烂的世纪：金庸 / 池田大作对话录》第 154 页)

“因为那时候我还不明白”，平平淡淡十个字，正是作者心血所系，倘若不知其详，闲闲读过，岂不体会不到作者的大悲之心？至于金庸先生因痛失爱儿而走向信仰佛教之路，那就更值得研究者注意了。

“皮格马利翁现象”

《天龙八部》第一四五七页，李秋水跟虚竹讲自己和逍遥子的往事：

> 那一天，他在山中找到一块巨大的美玉，便照着我的模样雕刻一座人像，雕成之后，他整日价只是望着玉像出神，从此便不大理睬我了。我跟他说话，他往往答非所问，甚至是听而不闻，整个人的心思都贯注在玉像身上。你师父的手艺巧极，那玉像也雕刻得真美，可是玉像终究是死的，何况玉像依照我的模样雕成，而我明明就在他身边，他为什么不理我，只是痴痴瞧着玉像，目光中流露出爱恋不胜的神色？那为什么？那为什么？

按：西方性心理学中有“雕像恋”，或名“皮格马利翁现象”(Pygmalionism)。相传古希腊有一个雕塑家皮格马利翁，有一次雕好了一个女像之后，竟爱上了这座女像，“皮格马利翁现象”即由此得名。(霭理士《性心理学》第 84 页，潘光旦译，商务印书馆 1997 年版)

金庸对这一西方心理学的著名典故的借鉴显而易见，改造也值得一谈。话说这位皮格马利翁是塞浦路斯国王，整天只管深情凝视自己雕塑的女像，把爱神阿佛洛狄忒也给感动了。阿佛洛狄忒就成人之美，给了雕像以生命。《天龙八部》在金庸小说里算是有点“玄幻”的一部，但还远不至于照搬像雕像变活这样神话里才有的结果，它给的解释于情于理都非常贴切：逍遥子一直暗恋着李秋水的孪生妹妹，他雕刻玉像之时，眼里看的是李秋水，心里念的却是她的孪生妹妹!

王嘉《拾遗记》卷五、卷八分别记述了汉武帝刘彻、蜀先主刘备恋恋于石像的故事。刘彻是太思念死去的李夫人了，才让李少君找来奇特的石料“刻作夫人形。刻成置于轻纱幕里，宛若生时”，好比《鹿鼎记》里韦小宝给他的俄罗斯情人“苏飞霞固伦长公主”送去自己的裸体石像。刘备“夕则拥后而玩玉人”，倒有迷恋玉像的确切举动，但他更有一套理由：“常称玉之所贵，比德君子，况为人形而可不玩乎？”像是为了修养德行才如此这般。接着：

> 后与玉人洁白齐润，观者殆相乱惑。嬖宠者非惟嫉于甘后，亦妒于玉人也。后常欲琢毁坏之，乃诫先主曰：“昔子罕不以玉为宝，《春秋》美之；今吴、魏未灭，安以妖玩经怀。凡淫惑生疑，勿复进焉！”先主乃撤玉人，嬖者皆退。当斯之时，君子议以甘后为神智妇人焉。

正如刘备玩玉人有他的理由一样，甘后也有她堂皇的理由。可连“嬖宠者”都把甘后和玉人联着妒忌，难道甘后自己就毫无感觉？很疑心她这通大义凛然的话后面不免藏着些私心。但王嘉似乎仅仅意在讽喻帝王不可玩物丧志，他笔下的刘备既没有手塑此像，也没耽误他“昼则讲说军谋”，更未曾就此冷落甘后，最后还把玉人给撤掉了，所以与“皮格马利翁现象”终究是两回事。

九阴

台湾学者叶洪生撰文力斥《射雕英雄传》中《九阴真经》之非，重点指向“九阴”之名。他据“《易经》六十四卦爻变之理，阳数为奇（单），阴数为偶(双)；阳爻以‘九’为老（至阳)，阴爻以六为老（至阴)”，认定“九阴”“乃子虚乌有”，认定佛道皆无“‘九阴’怪谈”，并说：“盖此为道家形而上学所定，关乎阴阳消长之机，即令是太上老君也动它不得！”他甚至推心置腹，揣度作者本意：“料想‘九’数最大，而‘阴’主幽玄晦暗，遂合成‘九阴’一词。……孰知在中国传统玄学中，‘阴’数永远成偶成双。其见不及此，令人奇诧！”(《论剑》第 271 页，叶洪生著，学林出版社 1997 年版)

叶洪生把话说得太满了！要知道理有固然，势无必至。只要有例外存在，什么道理都没用。何况这例外还不止一个。先抄书：

> 龚先生六月三十日在秀州书局说：沈曾植《海日楼札丛、题跋》中提到《帝君九阴经》，记起叶洪生批驳金庸的《九阴真经》，但我遍查《道藏提要》(任继愈主编)、《道教大辞典》、《道教文化辞典》等书，有“九阳”“九天”“九幽”“九宫”……唯独没有“九阴”。大概沈曾植也弄错了。(《笑我贩书》第353页，范笑我著，江苏文艺出版社2002年版)
>
> 关于《九阴真经》，刘云舟七月十日在秀州书局说：道教类书《云笈七签》第三十一卷，张君房引《帝君九阴经》：“欲变化分形，隐沦八方。当常斋修帝君九阴之精思也。……此为帝君太一九阴混合变化万形也。”九阴之说，古已有之，现存疑仅见于此。(《笑我贩书》第356页)

据现有文献看来，“九阴”一词，最早见于《山海经》。《山海经·大荒北经》：“大荒之中，有衡石山、九阴山。”虽说从中还看不出与后来道家“九阴”的联系，但总归有了这么一个词儿。三国葛玄（葛仙翁）《道德经序》云：“祸灭九阴，福生十方。”这大概是较早的道家“九阴”之说。再后，唐柳宗元《天对》有“爰北其首，九阴极冥”之句，明湛若水《交南赋》有“烛九阴于赤水兮，觌冯夷之幽宫”之句。即便是已经引用的《云笈七签》，也还有“落迹九阴，保举上清”“大哉灵化之丹，与帝一九阴齐其光辉”“九阴不落兆尸，九地不灭兆迹”“右九帝君九星斗中宫隐妃九阴名字，若祝说之时，但说位号名字耳，勿道着衣帔及头髻下也。子能知帝君九阴者升晨上天位为上清真人，兆在世终身不受哭泣灾殃”“……而不知帝妃之名字行九阴以混合者”“阳罪阴考，绝灭九阴”“削灭九阴气，既上东华名”“既获九真之高章而九阴之户启矣”“右二十四味，合二十四神之炁，和九晨九阴之精”“下以制九阴，上以承玄冥”等等遗珠。所以，那位读者所引的，远不是孤证。

然而，较诸其他，“九阴”毕竟还是太偏了。叶洪生错批，情有可原。只是他一心要提高台湾武侠小说家的文学地位，未免意气用事。移于交游，是性情中人；用于学术，难免出现纰漏。至于这样的话：“乃知作者胡诌，原无宿构；其后将错就错，遂只好避而不谈；然即使原著有误，今本何不改正？莫非欺弄读者不学无知乎？”（《论剑》第271页）说到这里，就有点自取其辱了。

不过，我还是疑心他不小心说对了一句话：在最初的版本里，金庸用“九阴”这个词恐怕真是“胡诌”

的。中国文字组合性极强，恰好给他撞上了。叶洪生读过《射雕英雄传》的早期版本，他说旧三十四回讲过《九阴真经》的来历：“相传是达摩祖师东来，与中土武士较技，互有胜负；面壁九年，这才参透了武学精奥，写下这部书来。”（《论剑》第270页）我们读到的今版，《九阴真经》的作者已被改成了北宋刊印《万寿道藏》的黄裳。为什么这么改？我的理解是，后来金庸不仅发现他“胡诌”的“九阴”果真有此一说，更知道了这是道家之说。他修订作品，真是非常认真的，对读者也足够负责。

一个人需要多少地？

《射雕英雄传》第一四四九页：

成吉思汗勒马四顾，忽道：“靖儿，我所建大国，历代莫可与比。自国土中心达于诸方极边之地，东南西北皆有一年行程。你说古今英雄，有谁及得上我？”郭靖沉吟片刻，说道：“大汗武功之盛，古来无人能及。只是大汗一人威风赫赫，天下却不知积了多少白骨，流了多少孤儿寡妇之泪。”成吉思汗双眉竖起，举起马鞭就要往郭靖头顶劈将下去，但见他凛然不惧地望着自己，马鞭扬在半空却不落下，喝道：“你说甚么？”

郭靖……当下昂然说道：“大汗，你养我教我，逼死我母，这些私人恩怨，此刻也不必说了。我只想问你一句：人死之后，葬在地下，占得多少土地？”成吉思汗一怔，马鞭打个圈儿，道：“那也不过这般大小。”郭靖道：“是啊，那你杀这么多人，流这么多血，占了这么多国土，到头来又有何用？”成吉思汗默然不语。

这段精彩对白的“文眼”，据台湾唐文标先生说是“转用”了托尔斯泰的故事(《金庸茶馆》第五册第200页)。他所说的故事见于托尔斯泰《二十三篇故事》中《一个人需要多少地？》，大意是：在俄国的一些少数民族地区有一种风俗，土地不按面积出售，而是按“天”。买土地的人在太阳一出地平线时就出发，按一个基本圈圈走，走一段插一根标杆，在当天太阳落山之前必须回到出发地，迟误了没收货款，土地一亩也到不了手。有一个贪婪的人，想得到更多更多的土地，只顾拼命往前走，没能及时赶回去，最后不但货款被没收，连自己也累死了。“宽三尺，长七尺，这就是他需要的。”（故事梗概转引自《赵俪生自传》第14页，巴蜀书社1993年版）

其实，这段绝妙文字的语意还可上溯。钱锺书先生曾有引述：

古罗马诗人咏亚历山大大帝云：“少年时雄图大略，睥睨全球，犹觉狭小，死后方知躬

眇躯微，所据仅片席地尔……”（《管锥编》第1214页，中华书局1986年第2版）

其间端倪，十分明显。金庸很早就研读古希腊罗马史，并注意和关心“最出名的英雄”“亚历山大大帝”（《探求一个灿烂的世纪：金庸／池田大作对话录》第185页），如此的咏评或许是了然于胸的。成吉思汗在历史上、军事上的地位与影响，与亚历山大大帝颇有几分相似，所以金庸在写成吉思汗时，很巧妙地移花接木，抓住生前希冀和开拓疆土之广与死后所占土地之小的“文眼”，洋洋洒洒地虚构出了这么一段发人深省的对白，极富哲理地表达了历史的思索。

钱锺书先生亦引陆机《吊魏武文》“已而格乎上下者，藏于区区之木；光于四表者，翳乎蕞尔之土。……眇弥天乎一棺”，谓古罗马诗句即所谓“四表翳乎蕞土”。曹操被尊为“武帝”，正是因他武功赫赫，这一点与亚历山大大帝的本质并无不同。其实，陆机之前数十年，曹操的儿子曹丕也表达了类似的意思，他在《与王朗书》中说：“人生有七尺之形，死为一棺之土。惟立德扬名，可以不朽。”这里说的是常人，未尝特指开疆拓土的征伐者。陆机似乎正是在这一思想基础上驰骋神思，遂铸新词。

当然，立场不同，所得亦迥。古罗马诗人所咏，颇有几分个人之于历史大是渺渺的悲壮沉雄之思，到了金庸笔下,更被赋予了一份历史给黩武者“功业”的无情嘲弄。毕竟，如书名所示，真正被作者肯定的“射雕英雄”是平民郭靖，不是大汗铁木真。“惟立德扬名，可以不朽。”

鸠摩罗什之事

《天龙八部》第三十六回写童姥在强逼少林和尚虚竹破了杀戒荤戒之后，又从西夏皇宫中掳来公主与其共眠，诱他破了淫戒。这后一段，其实是鸠摩罗什故事的翻版，绝不可以庸俗笔墨视之。

《高僧传·译经中·晋长安鸠摩罗什》载：

> 光既获什，未测其智量，见年龄尚少，乃凡人戏之，强妻以龟兹王女，什拒而不受，辞甚苦到。光曰："道士之操，不逾先父，何可固辞。"乃饮以醇酒，同闭密室。什被逼既至，遂亏其节。（中华书局 1992 年版第 50 页）

对照来看，两个故事中人物的身份、使用的方法、事情的结果都有惊人的相似。金庸先生虽至二十世纪七十年代后期始熟读佛典，但稍具传统文化修养者，对如此著名的佛门掌故焉能不知？当然是手到拈来了。

《春江花月夜》

《书剑恩仇录》第三七五页写乾隆皇帝夜游西湖，听“李双亭轻抱琵琶，弹了一套《春江花月夜》”。作为音乐的《春江花月夜》有二：一是陈后主作词的“吴声歌曲”，入隋而后，不传于世；一是民乐合奏曲，二十世纪二十年代中期上海大同乐会根据琵琶曲《浔阳夜月》改编而成。

“吴声歌曲”《春江花月夜》既然早已失传，那么乾隆听的琵琶曲只能是后一种。既然民乐合奏曲《春江花月夜》那时尚未诞生，不妨考察一下它的前身——琵琶曲《浔阳夜月》的历史。

《浔阳夜月》为大同乐会的琵琶名家汪昱庭的代表作，是在李芳园传谱的《浔阳琵琶》一曲基础上加工润色而成的。而《浔阳琵琶》则是《夕阳箫鼓》的别名。清代琵琶名家鞠士林所传抄本《闲叙幽音》中，有《夕阳箫鼓》现存最早的曲谱。鞠士林所处年代，当代琵琶家林石城曾考订为“乾隆嘉庆间”（《鞠士林琵琶谱》，人民音乐出版社 1983 年版），但学者杨久盛则认为他的生活年代主要在嘉庆、道光、咸丰之间（《鞠士林何时人也》，载《中国民乐》第 29 期）。

倘若鞠士林为乾嘉间人，则小说里写乾隆帝欣赏此曲，尚在情理之内，只是曲名按早了而已。但如杨久盛考证不误，那么乾隆帝便欲赏而不可得了。

《夕阳箫鼓》一曲见诸记载差不多也在道光、咸丰时期。文学家姚燮（1805—1864）在他的名著《今乐考证》中，已经将此《夕阳箫鼓》列入“江南派琵琶曲目补”。所谓“补”，大约是刚刚流传开来，或刚刚得知的曲子，补充入书。

关于此曲的作者，有一条晚出的资料，见于一九二九年纂修的《崇明县志》：“宋珩，字楚玉，廪贡生，寄海门。通音律，善琵琶。初，贾公逵得四弦指法于白在湄，传李连城，珩从连城受《转关》《濩索》，又自出新意，为《夕阳箫鼓》。”宋珩是咸丰年间来到崇明的，与杨久盛考订的鞠士林年代、姚燮记载的年代都很接近。由此可见这条材料虽晚，但必定是有很可靠的依据。既然琵琶曲《夕阳箫鼓》是宋珩“自出新意”而为之的，也就是说，大概在十九世纪前中期，才有了这支曲子。

如此一来，乾隆帝是万万听不到此曲了。想是金庸知道民乐合奏曲《春江花月夜》改编自琵琶古曲，却没料到标题既有差异，年代又晚了大约百年。

附记：

这篇小札参考了学界对《夕阳箫鼓》的考察成果，但近十多年来，研究又有不少进展，已可确定宋珩不是咸丰时期的人，而可能活动于乾隆后期。在此基础之上，我参以自己发现的材料，写了一篇《琵琶名曲〈夕阳箫鼓〉的早期史料》（刊于 2020 年 5 月 31 日《文汇报 · 笔会》），附在这里，供读者参考。

《书剑恩仇录》中乾隆帝听弹《春江花月夜》，发生在乾隆二十三年（1758）仲秋，此时《夕阳箫鼓》大约仍然没被宋珩创作出来。《夕阳箫鼓》的出现，若距乾隆二十三年百年以上，是有点说不过去，但如今证实只差二三十年，年代接近，实在不必苛求。写小说并非著史，自有其艺术规则也。——当然，若将《春江花月夜》改成《夕阳箫鼓》，就更准确了。

二〇一九年十月十二日

附：琵琶名曲《夕阳箫鼓》的早期史料

《夕阳箫鼓》是一首极富艺术表现力的琵琶曲，更因被移植为民乐合奏曲《春江花月夜》而名声大噪。它的诞生时代，一直是学者们关心的话题。三十多年前，学者们已经从崇明的方志中发现了其作者宋珩的小传，却不知为何，将宋珩错误地理解为咸丰年间（1851—1861）躲避“粤匪”到崇明的外来者。后来发现的《夕阳箫鼓》早期谱本载于鞠士林《闲叙幽音》(1860)，早期记载则是姚燮《今乐考证》“江南派琵琶曲目补”(1850—1864)，差不多也都是这一时期。《夕阳箫鼓》出现在咸丰时期，几成定论。

最近十多年来，学者们找到了《夕阳箫鼓》的最早曲谱，即琵琶谱《檀槽集》（1842）中的《夕阳箫歌》，可见它的出现其实更早。崇明本地的学者王霖更在《疏忽一时抱憾归，徘徊廿载今揭晓——〈夕阳箫鼓〉曲作者及有关疑题的再探究》（载《中国音乐学》2016 年第 1 期）中指出，嘉庆十二年（1807）编纂的《海门厅志》中就已经有了宋珩小传，宋珩的主要活动年代可能在是乾隆后期。如此一来，《夕阳箫鼓》的出现，就比旧说提前了六十年左右。

长江出海口的崇明与隔江相望的江北的海门，

方言与风俗完全相同，居民为同一族群，亲戚故旧，牵连繁复，彼此往来，极其密切。王霖挖掘文献，不拘于崇明一地，学术视野可谓宽广。但如此重要的史料，据他自称，却未曾亲睹其书，而是辗转自他人处抄录，不免令人生出覆案原文之念。事实上，嘉庆《海门厅志》编成后，并未刊行，现仅存旧抄本一部，藏于复旦大学图书馆，长期不为人所知。经前往勘核，果然发现他的引文兼有错讹脱漏，且关乎文义，理当重录以示读者：

> 宋珩，字楚玉，崇明廪贡生魏功孙，中年授徒厅境，遂家焉。珩初从同里李连城学琵琶。李，故贯公达弟子，得前明乐工白在湄指法。珩又自出新意，制《夕阳箫鼓》曲，铿锵动听。然珩虽以技鸣，品格迥绝流辈，不苟訾笑。娄东浦明经还珠赠叙，称其清旷闲远，有晋人风。论者以为不愧。

“珩虽以技鸣，品格迥绝流辈，不苟訾笑。娄东浦明经还珠赠叙，称其”这二十六字为王霖所缺，且“闲远”误作“闻远”。浦还珠亦乾隆间人，遗漏这条可以用来佐证年代的材料当然可惜，描述品格与个性的语句也有不可替代的价值。

方志之外，有早于《檀槽集》与《今乐考证》

的《夕阳箫鼓》信息，未为学者所注意，这便是哈佛大学哈佛燕京图书馆所藏的陈幼慈稿本《邻鹤斋诗稿》二卷。陈幼慈，字慕堂，号荻舟，浙江诸暨人，主要活动在乾隆晚期至道光间，撰有《邻鹤斋琴谱》。他“以薄宦游江南”，大约在庚辰（1820）夏到了崇明。《诗稿》中存在崇明期间所作诗有三题、六首，最后一题为《黄熙载善琵琶，〈夕阳箫鼓〉一曲尤妙。既别，复寓兰若，待舟口占四绝寄怀》，诗有四首：

> 归帆已挂又停舟，浪迹江湖到处留。回想《夕阳箫鼓》曲，恍如仙乐听瀛洲。 暑薄风微雨后天，停装萧寺兴幽然。堤边柳色青如许，聊寄双鱼一幅笺。 惜别怀贤一样深，音容渐隔倍沉吟。怅无缩地壶公术，杯酒当前独自斟。 曾经相约许相招，愧我萍踪一水遥。丽泽重占犹可望，但愁无计报琼瑶。

光绪《崇明县志·人物志》有黄惠畴小传：

> 黄惠畴，字载熙，岁贡生。母病，刲股和药以进，遂愈。壮岁授徒海门，以思亲故，遽辞馆归。尝有句云“非关江北无投辖，只为天南有倚闾”，可以想见其孝思。著作见《艺文志》。

这位黄惠畴的字，与陈幼慈笔下弹《夕阳箫鼓》者“熙”“载”二字互乙，不知是不是同一人，就算是，亦不知以何者为确。黄惠畴小传前后的人物，差不多都在嘉庆间，黄惠畴大概也是嘉庆间人，年代上倒是吻合的。

民国初，崇明派琵琶家追溯自家传承，多从道光、咸丰间（1821—1861）的王东阳谈起；近三十年来，学者们又追溯到宋珩乃至他的老师李连城（约康熙中期至乾隆前期，1682—1765）、师祖贾公达（约崇祯至康熙中期，1628—1702）。如果宋珩与王东阳确有传承关系，中间似乎缺了一代传人，这一代人，也许就是陈幼慈笔下的黄熙载。

至于《檀槽集》何以作“夕阳箫歌”，王霖说，“不少乐人常认为吴语中的‘歌’与‘鼓’可视为同音异字，乃笔误所至。窃以为并非如此简单”，进而论证“歌”被改为“鼓”是“实践中的自然择优”。他大概忘了，《檀槽集》之前的嘉庆《海门厅志》就作“夕阳箫鼓”。如今看到陈幼慈亦作“夕阳箫鼓”，还写了两次，更可证明“夕阳箫歌”无非是同音误记，哪有什么深意呢。

己亥寒露后三日

峨默及其诗作

《倚天屠龙记》第一一五一、一一五二页谢逊讲述的波斯诗人峨默的故事，材料的来源之一是二十世纪二十年代郭沫若所译《鲁拜集》的“小引”。现将该书（人民文学出版社 1958 年版）有关内容抄录如下：

> 诗人幼年所住的学校便在纳霞堡。据他的学友尼让牟（Nizám al Mulk）的记录，当时有一位最大的哲人野芒（Imám Mowaffak）在纳霞堡教书。那就是他们的老师。尼让牟的父亲遣尼让牟来就学，尼让牟在这里遇着两个意气相投的朋友，一个是奔沙伯（Ben Sabbáh），一个就是峨默·伽亚谟。尼让牟是图司（Tús）的人，奔沙伯是阿里（Ali）的人，峨默是纳霞堡的本地人。他们读的是《可兰经》，研究的是古代传

说。有一天他们三人相聚，霍山（Hasan，即奔沙伯）向尼让牟和峨默说道："世间一般的信仰，都说野芒先生的弟子会得到幸福（当时的信仰，凡读《可兰经》及古代传说的人都能够得到幸福，如我国以前读五经三传之类），但是我们假使不能都得到幸福的时候，我们会怎样来互相帮助？"尼让牟和莪默答道："随便怎样都好。"霍山便说："那末我们大家应该发誓：无论幸福落与谁人，都应得均分，不能专享。"尼让牟和峨默都同意了。后来尼让牟做了官，竟做到当时的教王阿尔士朗（Alp Arslán）的宰相。

尼让牟做了宰相之后，他的两个旧友来访他。尼让牟请于教王，给了霍山的官职。霍山嫌升进太迟，他把官职丢了。后来竟成了专好杀人的一种宗派——依时美良派（Ismailians）的首领。他在一〇九〇年占据了里海南岸山国中的阿拉牟提城（Alamút），十字军时有名的"山中老人"就是霍山。尼让牟后来也是被他刺杀了的。诗人阿塔尔叙尼让牟将死时说道："啊，大神哟！我在风的手中去了。"——这正和峨默诗"来如流水，逝如风"句（见第28首）相类。

峨默去访问尼让牟宰相的时候，他不要官

> 职，只向他说道："你能给我最大的赐与，便是在你的福庇之下，使我得到一个清净的地点安居，我要开展科学的利益，并祝你福寿康宁。"宰相便从纳霞堡的财库中每年赠他一千二百密（Mithkál）的年金。

将这三节文字与小说对照来看，传承相当明显。语言风格、遣词造句的近似不说，译名的异同可见一斑：相同的如野芒、霍山、山中老人；相近的如莪默与峨默、尼让牟与尼若牟、依时美良派与依斯美良派。这几个译名都挺古雅，后来通行的就大不相同了：野芒——伊玛目（伊斯兰教社会首脑的称号）、霍山——哈桑、莪默——欧玛尔、尼让牟——尼札姆、依时美良派——伊斯玛仪派。这五个名号在中文版《简明不列颠百科全书》（中国大百科全书出版社 1985 年版）有专门词条，分别见于第九册第四〇页、第三册第六一三页、第六册第三四六页、第六册第二五四页、第九册第五〇页，有兴趣看看"传奇"背后的历史者不妨一翻。

金庸当然也不是只参考了上引三节文字，想必还有较深入地阅读与研究。小说中写到的英王爱德华遇刺一事就不见于郭氏"小引"；附于《射雕英雄传》之后的《成吉思汗家族》注一三专讲"山中老人"

的极端作为（见《射雕英雄传》第1479、1480页），主要依据大概是冯承钧译本《马可波罗行纪》中“山老”“山老训练哈昔新之法”“山老之灭”三章（第66—69页）。

最值得注意的，是小说中还引了一句据说是尼若牟死前吟过的峨默的诗：“来如流水兮逝如风，不知何处来兮何所终！”在所见到的峨默诗作里，并没有哪一首与之完全对应。郭译《鲁拜集》第二八首的最后一句“只是‘来如流水，逝如风’”，该诗前一句显然脱胎于此。不过，第二九首更接近小说的引文：

> 飘飘入世，如水之不得不流，
> 不知何故来，也不知来自何处；
> 飘飘出世，如风之不得不吹，
> 风过漠地又不知吹向何许。

应该说，金庸是借鉴了郭沫若的译文，利用第二八首末句与第二九首部分譬喻、意象的重叠，有意识地对第二九首进行了调整与取舍，才改写成了小说中的“来如流水兮逝如风，不知何处来兮何所终”。

不忠实于原作吗？不要紧。文学翻译在异域文化交流之初，遗漏、曲解、割裂是常事；太过精确，反而有刻意作假之嫌。置之《倚天屠龙记》的时代背景，这才真实。

附记：

本文推测《鲁拜集》的郭沫若译本，是《倚天屠龙记》中关于峨默的材料来源之一，也是“来如流水兮逝如风，不知何处来兮何所终”这一改写版本的主要依据。今看到金庸以“姚嘉衣”为笔名，发表在一九五五年十二月二十二日香港《大公报》“影谈”专栏的文章《脱衣舞与鲁拜集——谈〈禁宫宝盒〉》，通篇所谈，正是“峨默”。金庸还提道：“这诗集（按指《鲁拜集》）我国也有一些译本，郭沫若先生所译的一百零一首诗是最出名的。”看来他所用的，正是郭译本。他开始创作并连载《倚天屠龙记》，已在五年半之后（1961 年 7 月 6 日始）。

又承广州林春光先生提示，《倚天屠龙记》尚在连载中时，“霍山不顾旧日恩义，更遣人刺杀波斯首相尼若牟。这位波斯首相临死之时，口吟峨默的诗句，那便是这两句‘来如流水兮逝如风，不知何处来兮何所终’了”一句之后便有随文注释：“金庸按：峨默绝句传诸后世者共一百零一首，我国有郭沫若等人的翻译。”我因此翻出前些年所得的武史出版社版《倚天屠龙记》，于第二十一集第一四七九页亦找到此句。一九七六年金庸修订到这里，大约考虑到阅读效果，遂加删落。这就使得好事者如我，不得不多此一举，结果竟不曾失手，也算运气很好了。

二〇一八年十二月十八日凌晨

床上之剑

《碧血剑》中，袁承志为形势所迫，不得已与阿九同卧一床：

> 阿九嗯了一声，闻到他身上男子的气息，不觉一股喜意，直甜入心中，轻轻往他身边靠去，蓦地左臂与左腿上碰到一件冰凉之物，吃了一惊，伸手摸去，竟是一柄脱鞘的宝剑横放在两人之间，忙低声问道：“这是甚么？”
>
> 袁承志道：“我说了你别见怪。”阿九道：“谁来怪你？”袁承志道：“我无意中闯进你的寝宫，又被逼得同衾共枕，实是为势所迫，我可不是轻薄无礼之人。”阿九道：“谁怪你了呀！把剑拿开，别割着我。”袁承志道：“我虽以礼自持，可是跟你这样美貌姑娘同卧一床，只怕把持不住……”阿九低声笑道：“因此你用剑隔

在中间……傻……傻大哥！”（第 603 页）

这个细节的设置很可能来自“在床上，把剑放在男人与女人之间象征着贞洁”的西俗（《世界文化象征辞典》第 145 页）的启发。

格林兄弟搜集整理的童话《两兄弟》（《格林童话全集》第 221—237 页，译林出版社 1993 年版）对这一风俗有较为明确的反映。故事中那位年轻人去解救遭难的双胞胎兄弟，被兄弟的妻子——一位公主——当成了她的丈夫。夜晚他们就寝时，“他把那把双刃宝剑摆在了自己与公主之间的御床上”。后来，仍不知情的公主问真正的丈夫说：“不知前几夜你干吗总在床中间放一把双刃剑？我还以为你要杀死我哩！”于是，“他便看出，他兄弟多么忠实”。

卡尔维诺整理撰写的《意大利童话》中，有一篇与《两兄弟》内容类似的《七个头的龙》（《卡尔维诺文集·意大利童话（上）》第 275—284 页，吕同六、张洁主编，译林出版社 2001 年版），同样有不得不与兄弟的妻子同床而以剑相隔的关键处，比如：“晚上该上床睡觉了，老二拔出剑来，把剑刃朝上放在两人中间，对公主说，两人各睡一边。”“晚上，他（老三——引者）也跟公主上了床，把剑放在床中间，两人各睡一半。”它在蒙塔莱 · 皮斯托亚地区流传。

可见，这是个流传甚广的故事，这个细节是个得到广泛认同的象征。

一作“象征”，多少有点“仪式化”。金庸先生用了它的初始意义：克制绮念。

康熙初年金银比价

《鹿鼎记》第十六页，吴之荣发现了书中的金叶子："当下一阵乱抖，从书中抖了十张金叶出来，每一张少说也有五钱，十张金叶便有五两黄金。其时金贵，五两黄金抵得四百两银子。"也就是说，其时一两黄金可兑换成八十两银子。金庸此处所言，并不符合当时（康熙初年）的实际情况。

乾、嘉、道年间，钱泳《履园丛话·旧闻》"银价"条（中华书局 1979 年版第 28 页）：

> 顾亭林《日知录》记明洪武八年造大明宝钞，每钞一贯折银一两，四贯易黄金一两。十八年后，金一两当银五两。永乐十一年，则当银七两五钱。万历中，犹止七八换。崇祯中，已至十换矣。（以上系节引《日知录》卷十一"黄金"条，与原文文字不尽相同——引者）国朝康熙初年，亦

> 不过十余换。乾隆中年，则贵至二十余换，近来总在十八九、二十换之间。

可见，康熙初年的金价，是十多两银子换一两金子。这是大率而言，实际上金价总是浮动的。不过，在相对确定的时间与空间，除非特殊情形，金价的变动有限。比如，康熙二十六年（1687）徐炯《使滇日记》云："今京师足色金一两，值银九两，滇中则银十三两。人从都中携至滇中，颇得利。"可见，康熙初年的金价再变动，也不会离"十余换"太远。金庸的"八十换"，未免太过。

从总体上来看，金价呈上升趋势。到金庸少年时代的一九三八年，故宫博物院出售残废金器，以"每两价值一〇二元一角"成交。"元"是指银圆，以每枚银圆七钱二折合，一〇二元一角就是七十多两白银（参考邓云乡《红楼识小录》第28—32页，山西人民出版社1984年版），这才接近金庸笔下的金价了。

"胡说九道"雷同

作家写作，忌与他人雷同；有点野心的作家，犹忌重复自己。严格一点："连一句用过的精彩格言都不能再在笔下重现，否则就有抄袭自己之嫌。"(《冯骥才》第416页，人民文学出版社1991年版）遑论其他！

《金庸作品集》三十六卷近千万字，自我重复在所难免。且看一例：

《倚天屠龙记》第一一七〇页：

> 那人大怒，喝道："胡说九道！胡说九道！"
>
> 谢逊等都是一怔，不知他说些甚么。赵敏笑道："此人学说中国话，可学得稀松平常。他以为胡说八道多一道，那便更加荒唐了。"谢逊和张无忌一想不错，虽然眼前局势紧迫，却也忍不住哈哈大笑起来。

《鹿鼎记》第六五七页：

> 他（指韦小宝——引者）这么一说，巴颜等人登时脸上变色，澄光却暗暗欢喜。巴颜大声道："胡说八道，胡说九道！"他以为多上一道，那是更加荒谬了。韦小宝笑道："胡说十道，胡说十一道，十二道，十三道！"

给"胡说八道"上另加一两道，想是金庸先生的得意之笔，因此才有意无意地一用再用，历经修订而"双美"并存，甚至更敷衍出"我韦小宝是王九蛋，王八蛋再加一蛋"(《鹿鼎记》第1082页）一类的"近亲"来。不过，此乃细枝末节，与其他程式、套路上的雷同，实在是小之小者也。我相信，金庸先生于四十八岁的盛年决然封笔的一大原因，就是苦于再也无法突破自己，开拓创新。

可以说，"胡说九道"是金庸最微不足道的雷同，也是他最粗心最笨的雷同。以他的聪明才智，只需稍加思考，将其中一个换得更妙何难之有?

铁厅烈火

相对而言，《飞狐外传》总体上呈现出较为写实的风格，但大胆的想象仍不时可见。比如用铁铸成一座房子，在古代何其难也，《飞狐外传》里却一下子出现了两座。药王庄的那座，据说是一个乡间的“王铁匠”被逼着铸造出来的（见第十章《七心海棠》），想来所用工艺必定十分了得，“王铁匠”也属“能工巧匠”一级的人物。商家堡的更不得了。虽说并没有细讲铸造经过，但它还多出一个“烧烤”的功能。要“烧烤”，施之屋顶、门户或许不难，从地底燃火，通气、添柴、承重等等，都是大费周章的事。如此费尽心力，一朝仇人入彀，再加上点波折，哪能不惊险万分？少年时读到第四章《铁厅烈火》，惊心动魄，至今宛然如新。

但将强敌大仇骗进铁屋点火烧烤的构思，多少有些根据。《清稗类钞·技勇类·楚二胡子捋腰带》载，一位姓楚的镖客携巨款入住了一家黑店，晚上，“天寒，楚已御裘，忽觉温暖，以为室小无风，且近烛，不之怪。三更许，室益暖，以手扪壁，如沸，烛油倒泻如注”,多亏同住的老者出身相救。这间铁屋,“室小于斗”，而且“四壁皆铁铸，上有椽，木质者三”，不仅有了退路，制造工艺也一定更切合实际了罢?

金庸极具声色的描写，更近于“格林童话”中的这么一段：

> 这屋子的地板是铁的，门也是铁的，窗户上还装了铁栅栏。屋里摆着一桌精美的酒席，国王告诉他们：“请进去享用享用吧。”他们一进屋，他就锁门，并且加上了杠子。随后，他叫来厨子，命令他在小屋下边烧起火，直到把地板的铁烧红。厨子遵命行事，坐在上边吃喝的六位好汉开始感觉有些热，以为是吃东西的结果。谁知热得越来越厉害，他们想出房去，却发现门和窗都关死了，终于明白国王存心险恶，想要烤死他们。（《格林童话全集》第265页）

到底是童话。这六位好汉中的一位降下了一场严寒，也就解决了问题。商家堡的铁厅里却纠缠了仇恨、义气、智慧、生死关头的抉择和爱，描写的逼真与细腻，又何止百倍于原作？而人一生的际遇，偏偏有时比童话还要单纯，有时比小说还要复杂。童话和小说都是人生，想来感慨不置。

枕席之盟

康熙平定了三藩和台湾，开始考虑与罗刹（俄罗斯）的关系：

> （康熙）想起韦小宝曾去过莫斯科，不但熟悉彼邦情事，且和罗刹国掌握大权的摄政女王关系不同寻常，曾献计助她脱困夺权，受过她的封爵，这是手中的一着厉害棋子，如何不用？”（《鹿鼎记》第1821页）

于是，在韦小宝勾搭上了苏菲亚公主、引发了莫斯科政变之后，金庸更异想天开地继续让他去指挥雅克萨之战，签订《尼布楚条约》，然后又故作正经地说：“本书记叙尼布楚条约之签订及内容，除涉及韦小宝者系补充史书遗漏之外，其余皆根据历史记载。”（第1916页）

那么，历史上真的没有类似的、相关的记载吗？是不是又一个“耳食传闻，不宜录之于中华正史，以致此事湮没”？（第1421页）

还是“求诸野”。清赵翼《檐曝杂记》卷一“俄罗斯”条：

> 康熙中，圣祖尝遣侍卫托硕至彼定边界事。托硕美须眉，为女主所宠，凡三年始得归。所定十八条，皆从枕席上订盟，至今犹遵守不变。（《檐曝杂记 竹叶亭杂记》第20页，中华书局1982年版）

主角当然不可能是韦公小宝（不过在《鹿鼎记》第五五八页里他被封为御前侍卫副总管，身份倒一样），小说里被动的莫斯科之行成了中方主动出击的“美男计”，但最重要的一点是相同的：《尼布楚条约》的签订，得力于这位“为女主所宠”的中方人物甚多。只是，此说可靠否？从常识上来讲，可能性不大；从学术逻辑上来说，没有更有力的佐证，不利的证据却找到了一条。《癸巳类稿》卷九“俄罗斯事辑”条：

> ……又以女汗有男侍，俗间小说遂谓我使侍卫硕托，与其汗订十八条议于枕席之上。其

> 说皆佻谬，且亦安得有十八条议哉？

到底是“托硕”还是“硕托”？连事件主角的名字都成了问题，可见这笔账本来就糊涂之至。不过，有必要说明的是，《檐曝杂记》可不是什么“俗间小说”，而是一部颇有价值的史料笔记；其作者也是位成就斐然的史学家。只是那个时代的知识分子还远远没能“走向世界”，一接触到《山海经》一样的“蛮夷”之事，再清醒的脑子也会发昏。

如果硬要考其实，十八世纪三十年代初，雍正帝两次派侍郎托时出使俄罗斯。当时俄国也是“女主”——安娜伊凡诺妩娜女皇（《有清一代之中俄关系》第58页，云南崇文印书馆1947年版）。萧一山先生《清代通史》卷上第七七〇页亦载此事，说是“据俄史所载”“中国诸史中未有记其事者”，又说“至所以纪载缺如者，或出于领兵大臣之所为，而非清廷特简耳”。侍卫托硕，会不会就是侍郎托时的讹传？这当然只是“大胆的假设”。

《檐曝杂记》曾是金庸写《书剑恩仇录》的参考史料之一。《书剑恩仇录》第八〇三页所引赵翼语就出自《檐曝杂记》卷一“圣学二”条。同样，《鹿鼎记》的写作参考过《癸巳类稿》也决计无疑（第1492页就引用了同属卷九的“俄罗斯佐领考”条）。所以，金庸应该见过这两则史料。

如果《癸巳类稿》所谓的“俗间小说”不是针对《檐曝杂记》而言，就说明枕席订盟十八条之说在当时流传得极为广泛。尽管还只是个粗坯，却一点也不妨碍金庸的借用与发挥。对这样的传说，他早就成竹在胸：

> 历史学家当然不喜欢传说，但写小说的人喜欢。(《〈书剑恩仇录〉后记》)

《三国》点滴

康亲王府的武师们秉承上意，对前来赴宴的平西王世子的随从大加挑衅，出手击落对方的帽子。其后，康亲王经韦小宝提醒，向他们“赔还”新帽子：

> 众随从接过了，躬身道：“谢王爷，谢桂公公！”将帽子折好放在怀内，头上仍是戴着旧帽。康亲王和索额图对望了一眼，知道这些人不换新帽，乃是尊重吴应熊的意思。（《鹿鼎记》第382页）

衣不如新，人不如故。但当“衣”与“人”之间产生某种联系，特别是“衣”成为“人”的一种象征符号时，“衣”也可以不如故。这样的寓意，很可能来自《三国演义》里那个著名的故事：

> 一日，操见关公所穿绿锦战袍已旧，即度

其身品，取异锦作战袍一领相赠。关公受之，穿于衣底，上仍用旧袍罩之。操笑曰："云长何如此之俭乎？"公曰："某非俭也。旧袍乃刘皇叔所赐，某穿之如见兄面。不敢以丞相之新赐而忘兄长之旧赐，故穿于上。"操叹曰："真义士也。"然口虽称美，心实不悦。（第二十五回）

小小一顶帽子，一件战袍，在政治角力场中偏偏被赋予了一种姿态，显得既微妙又得体。可是，别说曹操，就是康亲王他们，也一定是"心实不悦"。

《三国》这一段描写给金庸的印象想必是很深的，因为类似的寓意，曾在金庸小说中一再出现。《神雕侠侣》第十六回：

程英见杨过将自己所缝的袍子送给李莫愁，当时情势紧迫，那也罢了，但他新袍底下仍是穿着那件破破烂烂的旧袍子，显见这袍子因是小龙女所缝，他亲疏有别，决不忘旧。（第586页）

又如《天龙八部》第十五回：

片刻之间，北方那乘马已奔到了林外，一人纵马入林，翻身下鞍。那人宽袍大袖，衣饰

> 甚是华丽，他极迅速地除去外衣，露出里面鹑衣百结的丐帮装束。段誉微一思索，便即明白：丐帮中人乘马驰骤，极易引人注目，官府中人往往更会查问干涉，但传报紧急讯息之人必须乘马，是以急足信使便装成富商大贾的模样，但里面仍服鹑衣，不敢忘本。（第 582 页）

前面是摹写政治氛围中的人心，这两则一是写情场儿女的寻常心思，一是写社会环境中江湖人物的情义所钟，金庸对这不起眼的衣冠，也真能设身处地、想人物之所想，故可为将相政客，为痴情男女，为江湖豪侠。

金庸小说对《三国》的袭用并非仅此而已。柳存仁先生曾敏锐地举出过另一个例子：

> 《天龙八部》结尾一章萧峰在囚笼里想："皇上（按，指辽帝耶律洪基）倘若势如破竹，取了大宋，便会解我去汴梁相见。倘如败军而归，没面目见我，第一个要杀的人便是我。"我初看这正是 echo 了《后汉书》卷七四上、《三国志》卷六《袁绍传》里田丰说的话。可是金庸把它活用了，而且不像田丰那样向问他的人直说，只写作萧峰自己在忖想，这样的利用就看不大

见斧凿痕迹了。田丰的事也见小说《三国演义》第三一回。(《2000 北京金庸小说国际研讨会论文集》第 562 页，北京大学出版社 2002 年版)

“看不大见斧凿痕迹”，正是活用典故成法的较高境界。与萧峰在囚笼里的忖想一样，《鹿鼎记》的笔墨也当真“不像田丰那样向问他的人直说”。看来曹操到底还是和性情耿直的军人相处得多，他需要问了才明白的道理，到了官场文化烂熟的清代，“康亲王和索额图对望了一眼”就心领神会了。

再看《三国演义》第六十回：

修曰：“公居边隅，安知丞相大才乎？吾试令公观之。”呼左右于箧中取书一卷，以示张松。松观其题曰《孟德新书》。从头至尾，看了一遍，共一十三篇，皆用兵之要法。松看毕，问曰：“公以此为何书耶？”修曰：“此是丞相酌古准今，仿《孙子十三篇》而作。公欺丞相无才，此堪以传后世否？”松大笑曰：“此书吾蜀中三尺小童，亦能暗诵，何为‘新书’？此是战国时无名氏所作，曹丞相盗窃以为己能，止好瞒足下耳！”修曰：“丞相秘藏之书，虽已成帙，未传于世。公言蜀中小儿暗诵如流，何相欺乎？”

松曰："公如不信，吾试诵之。"遂将《孟德新书》，从头至尾，朗诵一遍，并无一字差错。修大惊曰："公过目不忘，真天下奇才也！"……修入见操曰……"……适修以丞相所撰《孟德新书》示之，彼观一遍，即能暗诵，如此博闻强记，世所罕有。松言此书乃战国时无名氏所作，蜀中小儿，皆能熟记。"操曰："莫非古人与我暗合否？"令扯碎其书烧之。

又看《射雕英雄传》第十七回周伯通跟郭靖讲黄药师夫人骗去《九阴真经》之事：

黄夫人道："这部书我五岁时就读着玩，从头至尾背得出，我们江南的孩童，十九都曾熟读。你若不信，我背给你听听。"说了这几句话，便从头如流水般背将下来。我对着经书瞧去，果真一字不错。我全身都冷了，如堕冰窖。黄夫人又道："任你从哪一页中间抽出来问我，只要你提个头，我谅来也还背得出。这是从小读熟了的书，到老也忘不了。"我依言从中抽了几段问她，她当真背得滚瓜烂熟，更无半点窒滞。黄老邪哈哈大笑。我怒从心起，随手把那部书撕得粉碎，火折一晃，给他烧了个干干净净。（第

630—631页）

同样是过目不忘，张松本是炫才，黄夫人却打定了骗人的主意。同样是焚书，曹操责己过严，自负已极，周伯通却是上了大当。虽然有这些差异，可金庸写这一段时受到《三国演义》的启发则相当明显。类似场合中的类似表现，恰可以挖掘出深层的动机与个性。我每看到这里，总觉得黄夫人与周伯通的音容之外，“黄老邪哈哈大笑”这七个字插得绝妙，真是神来之笔。可惜《三国》就“令扯碎其书烧之”带过，看不到万分珍惜主公著作的杨修是什么表情。金庸此处描写“斧凿痕迹”倒是有些，但细腻妥帖又远在《三国》之上了。

大同府的姑娘

《鹿鼎记》第八五九页，韦小宝仗着自己丰富的妓院生活经验，克服了年纪过小的不利条件，成功地冒充了六家妓院的大老板：

> 那老鸨一听，心想乖乖不得了，原来是六院联号的大老板到了，他这生意可做得不小，笑问："小少爷喜欢怎样的姑娘陪着谈心？"韦小宝道："谅你们这等小地方，也没苏州姑娘。有没有大同府的？"老鸨面有惭色，低声道："有是有一个，不过是冒牌货，她是山西汾阳人，只能骗骗冤大头，可不敢欺骗行家。"

韦小宝为什么要找大同府的姑娘？这家妓院为什么特地找人冒充大同府的姑娘？这涉及特定的自然条件、历史因素与文化背景。

小说《梧桐影》第六回："话说山西地方，生出来的女子，都是水喷桃花一般，颜色最好，资性也聪明。大同宣府一路，更觉美貌的多。故此正德皇帝，在那里带了两个妃子回朝，十分宠爱。"后一句话说的，大概是所谓佳话的"游龙戏凤"，只是后来版本繁多，地点往往成了"江南梅龙镇"。即便李凤姐真"幸运"地进了宫，她也不是异数——据统计，大同、宣化一带，历史上共出了二十五个皇后、九个皇妃。

除了自然资质，举世艳称大同女子，更得力于明代以来各地莺花之盛。《野获编》卷二十四"口外四绝"条：

> 一曰大同婆娘。大同代简王所封，乐户较他藩多数倍。今在花籍者尚二千人。京师城内外，不隶三院者，大抵皆大同籍。中溢出流寓，古所谓"路歧散乐"者是也。

《五杂组·地部二》（第80页，上海书店2001年版）：

> 九边如大同，其繁华富庶，不下江南。而妇女之美丽，什物之精好，皆边塞之所无者。市款既久，未经兵火故也。谚称"蓟镇城墙""宣

府教场”“大同婆娘”为三绝云。

大同女子之有魅力总是不假。《鹿鼎记》另有侧笔：

只听得一名喇嘛说道：“上头法旨，要咱们无论如何在今日午时之前，赶上五台山，真是急如星火，可是上得山来，什么玩意儿都没有。那不是开玩笑么？”另一名喇嘛道：“上头这样安排，总有道理的。你舍不得大同城里那小娘儿，是不是？”（第 912 页）

两段补记

《书剑恩仇录》后记说："（本书）甚至第三次校样还是给改得一塌糊涂。"精益求精之心可见。较之以时代文艺出版社一九九四年第一版的《书剑恩仇录（修订本）》，可以发现这篇同样标明作于一九七五年五月的"后记"，不仅文字不尽相同，前者还多出了三节凡四百余字。但时代文艺版"后记"下尚有一段写于一九八五年三月的补记，为前者所无：

> 根据本书在香港拍过一次粤语电影，一次国语电影，一次电视连继（续？——引者）剧，在台湾拍过一次电视连续剧。香港电视广播公司准备第二次重拍电影（视？——引者）连续剧。香港扬子江电影公司与天津电影制片厂合作，正在筹拍电影。本书曾译成泰文、缅文、马来文、

> 越南文、法文等数种文字，在东南亚报纸连载或出版单行本。英文全译已由 Mr. Graham Ean Shaw 完成，即将出版。
>
> 本书在内地曾有几种翻印本，都是未曾征得我同意的。现在再做一次修订，改动甚多，正式由时代文艺出版社出版发行，对时代文艺出版社及天津电影制片厂的协助，作者至为感谢。

不仅如此，百花文艺出版社一九八八年出版的《白马啸西风》（实为《白马啸西风》《鸳鸯刀》《雪山飞狐》三部小说的合刊本）中，《雪山飞狐》后记下也有一段写于一九八五年四月的不见于今本的补记：

> 乘着本书出版内地版本，又做一次修订，虽然差不多每一页都有改动，但只限于个别字句，并无重大修改。

可见，这个能把三校样都改成大花脸的金庸，自然也要尽量利用重新出版之机对作品字斟句酌。或许这类修改在平时阅读自己的小说时就已随手记下，不比一九七〇——一九八〇年间的大动作。大抵说来，不满意的改得多些，较满意的改得少些；早期的改得多些，晚期的改得少些；出版（不是加印）频繁的改得多些，相对不很频繁的改得少些——《鹿鼎记》也许只改了一次，《雪山飞狐》却至少有改了三次的记录(第一次1974年12月,第二次1977年8月，第三次 1985 年 4 月。见于百花文艺版。三联版《雪山飞狐》后记删除了这样的记录)。

从两段补记来看，这两种版本在内地出版，无疑得到了作者的授权；都做了一定程度的修订，也不妨看作是支持的态度。然而，金庸在一九九四年一月写的《金庸作品集“三联版”序》中却说：“在中国大陆，在这次‘三联版’出版之前，只有天津百花文艺出版社一家，是经我授权而出版了《书剑恩仇录》。他们校印认真，依足合同支付版税。……除此之外，完全是未经授权的。”

如此说来，时代文艺版《书剑恩仇录（修订本)》与百花文艺版《白马啸西风》也是“未经授权的”了？那么，两段补记又怎么解释呢？

双蛇杖

《射雕英雄传》第六五八页写西毒欧阳锋的蛇杖：

> ……一根弯弯曲曲的黑色粗杖，似是钢铁所制，杖头铸着个裂口而笑的人头，人头口中露出尖利雪白的牙齿，模样甚是狰狞诡异，更奇的是杖上盘着两条银鳞闪闪的小蛇，不住地蜿蜒上下。

这不是改造过的西方神话里的双蛇杖吗？这一细节得到了考古学上的旁证。孙机先生说：

> 东汉时，新疆一带是我国通向西方世界的前沿。一些极典型的西方图案不时在这里发现的文物上出现。除丰饶角外，如上面提到过的双蛇杖，在被斯坦因于新疆楼兰遗址盗掘出土

双蛇杖又名和平标，是希腊神话中众神之使所持的信物。根据残存的双蛇杖，这一缂毛织物上的青年遂被确认为神使赫尔密士。

> 的彩色缂毛残片上也见过。这残片很小，底子呈深蓝色，上面有一个青年的小部分面颜与其所持之双蛇杖的顶部。双蛇杖又名和平标，是希腊神话中众神之使所持的信物。此杖至今仍成为许多国家的军医部队的标记。而根据残存的双蛇杖，这一缂毛织物上的青年遂被确认为神使赫尔密士（Hermes），同时这块残片也就成为丝路上出土的重要实物史料了。它的年代亦相当东汉晚期。”（《寻常的精致》第263—264页，辽宁教育出版社1996年版）

从时间段上来讲，《射雕英雄传》的时代背景远在东汉之后；而欧阳锋，到底是从西域来的。

慕天颜逸事

慕天颜在《鹿鼎记》里出场不到八十页，但读过这八十页，一个深谙官场处世之道，细心、乖巧、圆熟、周到、精干的官僚形象如在眼前。钦差大臣韦小宝驾临扬州，因故触发了幼时所受的禅智寺和尚打骂之辱，不禁心头火起，一心找碴想毁了禅智寺的芍药盛景。“布政司慕天颜是个乖觉而有学识之人”(第1495页)，先顺着钦差大臣的话说和尚的不是，接下来给钦差大臣讲故事，说到后来，让钦差大臣心满意足：

慕天颜又道：“韩魏公后来带兵，镇守西疆。西夏人见了他怕得要死，不敢兴兵犯界。西夏人当时怕了宋朝两位大臣，一位就是韩魏公韩琦，另一位是范文正公范仲淹。当时有两句话道：‘军中有一韩，西贼闻之心胆寒。军中有一范，西贼闻之惊破胆。’将来韦大人带兵镇守西疆，那是‘军中有一韦，西贼见之忙下跪’！”

韦小宝大乐，说道：“‘西贼’两字妙得很，平西王这西……”忽然心想：“吴三桂还没起兵造反，可不能叫他‘西贼’。”忙改口道：“平西王镇守西疆，倒也太平无事，很有功劳。”吴之荣道：“平西王智勇双全，劳苦功高，爵封亲王，世子做了额驸。将来韦大人大富大贵，寿比南山，定然也跟平西王一般无异。”韦小宝心中大骂：“辣块妈妈，你要我跟吴三桂这大汉奸一般无异。这老乌龟指日就要脑袋搬家，你叫我跟他一样！”

慕天颜平日用心揣摩朝廷动向，日前见到邸报，皇上下了撤藩的旨意，便料到吴三桂要倒大霉，这时见韦小宝脸色略变，更是心中雪亮，说道：“韦大人是皇上亲手提拔的大臣，乃是圣上心腹之寄，朝廷柱石，国家栋梁。平西王目前虽然官爵高，终究是不能跟韦大人比的。吴府尊这个比喻，有点不大对。韦大人祖上，唐朝的忠武王韦皋，曾大破吐蕃兵四十八万，威震西陲。当年朱泚造反，派人邀韦忠武王一同起兵。忠武王对皇帝忠心不贰，哪肯做这等大逆不道之事？立刻将反贼的使者斩了，还发兵

慕天颜像

> 助朝廷打平反贼，立下大功。韦大人相貌堂堂，福气之大，无与伦比，想必是韦忠武王传下来的福泽。”
>
> 韦小宝微笑点头。其实他连自己姓什么也不知道，只因母亲叫作韦春芳，就跟了娘姓。想不到姓韦的还有这样一位大有来头人物，这布政司硬说是自己的祖先，那是硬要往自己脸上贴金；听他言中之意，居然揣摩到吴三桂要造反，这人的才智，也很了不起了。（第1498—1499页）

话说到这个分上，“明知布政司转弯抹角、大费心机的一番说话，意在保全这禅智寺前的数千株芍药”（第1501页），韦大人也得遵从官场规矩，不能驳了别人的面子。同样是遵从官场的规矩，韦小宝“破获”了“吴之荣策反案”后，“慷慨”地拉上抚台藩台，将这一大案“算是咱们三人一齐立的功劳好了”。这时候慕天颜说：“总督麻大人回去了江宁，钦差大臣回奏圣上之时，最好也请给麻大人说几句好话。”（第1577页）

这里当然都是“小说家言”。但就慕天颜为官之谨慎周到，以及吴三桂叛乱前与慕天颜的关系而言，也有历史真实的底色。《履园丛话·旧闻》“测字”条（中华书局1979年版第18页）：

> 阊门外上津桥朱某，家贫，欲入山寻死，遇仙解救，授测字一书，其验如神。求之者必需预定日期，每日只测一字，取资一两，悬牌门首，某日测某人字。时吴三桂将反，有文书来，向苏藩库借饷十万两。方伯慕公天颜踌躇莫决，乃延朱测字，且告以故。朱曰：“请命一字。”适几上有残柬，慕公随手翻转，指正字为枚。朱曰：“不可借。正似王字，王心已乱。且柬正面合几上，正而反矣，即反之兆也。”慕即拒之。未几，果应其言。

吴三桂没借到的饷，当然用来打吴三桂了。《鹿鼎记》也有交代：“慕天颜又道：‘皇上对吴逆用兵，可惜卑职是文官，没本事上阵杀贼。卑职已秉承总督大人、抚台大人的意思，十天之内，派人押解一批粮饷送去湖南，听由皇上使用。’”（第1578页）

杀子

> 在《书剑恩仇录》中，描写“奔雷手”文泰来逃到大侠周仲英的家，藏在枯井里，被周仲英无知的幼子，为了一架望远镜出卖，周仲英知道这件事后，竟忍痛杀了他的独生子。
>
> 这故事几乎就是法国文豪梅里美最著名的一篇小说的化身，只不过将金表改成了望远镜而已。（《谁来跟我干杯？》第110—111页，百花文艺出版社2001年版）

古龙先生写下这段文字之时，依据的是初版。从“竟忍痛杀了他的独生子”可知，在有意识的惩罚这一点上，金庸没有改动原著。到了一九七五年修订完毕，这个震撼人心的杀子之举同样存在，却成为怒中失手与无巧不巧的遇合。细节，也反映了作者认识的变化。

这个变化，隐隐有脉络可寻。一九六三年连载结束的《倚天屠龙记》，可以看到一出未遂的杀子事件：

> 宋远桥听说儿子在外，铁青着脸，手执长剑，抢将出来。张无忌等均觉劝也不是，不劝也不是，一齐跟到了大殿。张三丰也随着出来。
>
> 宋远桥喝道："忤逆不孝的畜生在哪里？"瞥眼见宋青书躺在软床之中，头上绑满了白布，连眼睛也遮没了，长剑挺出，剑尖指向他身上，但手一软，竟是刺不下去。霎时之间，想起父子之情，同门之义，不由得百感交集，回过剑来，疾往自己小腹上刺去。
>
> 张无忌急忙伸手，夺下了他手中长剑，劝道："大师伯，万万不可。此事如何处理，该请太师父示下。"（第 1587 页）

宋青书的罪孽，可不是"无知的幼子"的无知的过错。代表正义的宋远桥淡出了，作为父亲的宋远桥凸显了。隐藏在文字后的作者，不动声色地改变着对人生、社会、文化、历史的看法。

《侠客行》里也有个"孽子"被人追杀，他父亲在想什么呢？

> 这孩儿虽然不肖，胡作非为，其实我爱他胜过自己性命。若有人要伤害于他，我宁可性命不在，也要护他周全。

几年后韦小宝开始作恶多端，为什么作者笔下总有些偏爱纵容的意思？一九八一年金庸在《明报月刊》十月号发表《韦小宝这小家伙！》，从自己对中国国民性的认识谈到韦小宝的塑造，其中有这样的话：

> “大义灭亲”这句话只是说说好听的。向来极重视亲情人情的中国人很少真的照做。倒是“法律不外乎人情”“情理法律兼顾”的话说得更加振振有词。说是“兼顾”，实质是重情不重法。
>
> 中国人的传统观念中，“情”总比“法”重要。诸葛亮挥泪斩马谡虽得人称道，但如他不挥泪，评价就大大不同了，重点似乎是在“挥泪”而不在“斩”。

这篇文章大概代表了金庸对这一问题思考成熟的最后结晶。十多年后接受采访，仍一再提及类似观点（《我问故我在》第 141 页，学林出版社 1999 年版）。

所以不妨把它看作小说表现父亲对待“孽子”日趋宽容的注解。当然，这一问题的思考成熟，也有赖于金庸痛失爱子的刺激。但那仅是刺激，思考却发端已久、一以贯之。

《飞狐外传》里钟四嫂剖了小三子的肚子，那是在疯狂的状态下（第160页）。《书剑恩仇录》里玛米尔摔死自己的儿子，是为了不让暴君的“孽种”长大后继续来欺负伊斯兰教徒（第663页），何况她也不是具有汉文化背景与汉人血统的女子。《三十三剑客图》“贾人妻”：“这个女侠……别后重回喂奶，已是一转，喂乳后竟杀了儿子，更是惊心动魄的大变。所以要杀婴儿，当是一刀两断，割舍心中的眷恋之情。虽然是侠女斩情丝的手段，但心狠手辣，实非常人所能想象。”（《侠客行》第755页）那更是异数，不能体现“中国人的传统观念”。金庸修改了周仲英杀子，少了震撼与冲击，贴近了本民族的心理特点，还是得大于失吧?

斯杀同类

（令狐冲）眼见众人在地道口推拥撕打，惊怖焦躁之下，突然动了杀机："这些家伙碍手碍脚，须得将他们一个个都杀了，我和盈盈方得从容脱身。"挺起长剑，便欲挥剑杀人，只见一个少年蹲在地下，双手乱抓头发，全身发抖，脸如土色，显是害怕之极，令狐冲顿生怜悯，寻思："我和他是同遭暗算的难友，该当同舟共济才是，怎可杀他泄愤？"长剑本已提起，当下又斜斜地横在胸前……

……这时洞中已然乱极，诸人都如失却了理性，没头苍蝇般瞎窜，有的挥剑狂砍，有的捶胸大叫，有的相互扭打，有的在地下爬来爬去。令狐冲挤出了几步，双足突然给人牢牢抱住。他伸手在那人头上猛击一拳，那人大声惨叫，却死不放手。令狐冲喝道："你再不放手，我杀你了。”突然间小腿上一痛，竟给那人张口咬住。令狐冲又惊又怒，眼见众人皆如疯了一般，山洞中火把越来越少，只有两根尚自点燃，却已掉在地下，无人执拾。他大声叫道：“拾起火把，拾起火把。”一名胖大道人哈哈大笑，抬起脚来，踏熄了一根火把。令狐冲提起长剑，将咬住他小腿那人拦腰斩断，突然间眼前一黑，甚么也看不见了，原来最后一枝火把也已熄灭。

火把一熄，洞中诸人霎时间鸦雀无声，均为这突如其来的变故吓得手足无措，但只过得片刻，狂呼叫骂之声大作。……耳中所闻，尽是呼喝哭叫，数十柄刀剑挥舞碰撞。众人身处黑暗，心情惶急，大都已如半疯，人人危惧，便均舞动兵刃，以求自保。有些老成持重或定力极高之人，原可镇静应变，但旁人兵刃乱挥，山洞中挤了这许多人，黑暗中又无可闪避，除了也舞动兵刃护身之外，更无他法。但听得兵刃碰撞、惨呼大叫之声不绝，跟着有人呻吟咒骂，自是发自伤者之口。令狐冲耳听得身周都是兵刃劈风之声，他剑法再高，也是无法可施，每一瞬间都会被不知从哪里砍来的刀剑所伤。……

令狐冲……心中陡地一亮：“是了，今日的局面，不是我给人莫名其妙地杀死，便是我将

> 人莫名其妙地杀死。多杀一人，我给人杀死的机会便少了一分。”长剑一抖，使出“独孤九剑”中的“破箭式”，向前后左右点出。剑式一使开，便听得身周几人惨叫倒地……
>
> ……他……俯身去摸地下，突然间飞来一脚，重重踢中了他臀部。令狐冲向前直飞，身在半空之时，左腿上一痛，给人打了一鞭。他伸出左手，曲臂护头，砰的一声，手臂连头一齐撞上山壁，落了下来，只觉头上、臂上、腿上、臀上，无处不痛，全身骨节似欲散开一般。他定了定神，又叫了两声“盈盈”，自己听得声音嘶哑，好似哭泣一般。他心下气苦，大叫：“我杀了盈盈，我杀了盈盈！”挥动长剑，上前连杀数人。(《笑傲江湖》第1502—1505页)

不必看全梁羽生的小说，就可以有把握地说他的书里不可能出现这一幕。他的创作有很多教条，主人公，一个“侠客”，无论如何不会伤及无辜，哪怕是牺牲自己，哪怕是在这样极端的环境下。金庸却真实地表现了所谓的侠客还原为一个普通人后，沦陷在混乱的群体中，面对死亡威胁的强大压力时为了争取生存空间而丧失理性的疯狂。

“武侠小说的读者习惯于将自己代入书中的英

雄，然而韦小宝是不能代入的。”（《鹿鼎记》后记）其实早在《笑傲江湖》的这个末尾，想要代入小说的读者就会发现自己绝不轻松：这需要摒弃一切人性准则，把自己降到弱肉强食的动物的层次来抉择。类似的情况，更可追溯到《雪山飞狐》的结尾：胡斐的一刀，砍还是不砍？如果不砍，待苗人凤使全了招式，自己必无生理。作者无法抉择了，干脆就此结束。那么，《笑傲江湖》这一段描写，就不妨看作胡斐那一刀砍还是不砍的回声。

金庸的认识之所以会有这样的发展，除了多年的历练，应该还有理论上的依据。《笑傲江湖》完成后不久写的《袁崇焕评传》，运用群众心理学与动物行为学分析历史与人性，其中透露出的认识与《笑傲江湖》末尾的描写有着显著的联系：

> 北京城里居民的心理是和皇帝一样的，顾到的只是自己身家性命，大家听信了谣言，说袁崇焕不肯出战，别有用心。许多人说清兵是他引来的，目的在“胁和”，使皇帝不得不接受他一向所主张的和议。于是有人在城头向城下的袁部骑兵抛掷石头，骂他们是“汉奸兵”。石头砸死了几名兵士。
>
> 这种盲目的群众心理，实在是很可怕的，

近代的群众心理学书籍中常有提到。第一次宁远大战，清兵猛攻，眼见城破在即，百姓就大骂袁崇焕害人，清兵退后，便即大哭拜谢。据动物学家的调查报告，合群的动物（如老鼠）在遇到危难时，往往会厮杀同类，或许是出于同一心理。(《碧血剑》第 801—802 页）

塞奇 · 莫斯科维奇在《群氓的时代》（江苏人民出版社 2003 年版）中说，当人们不再与他所处的群体认同时，就会产生敌意与恐惧。即使危险事实上并不很大，但哪怕是最微不足道的谣传都会让人十分敏感。群体的每一次运动，都会让人产生忧虑与遭遗弃感，每个人都猜度他人，导致关系的恶化（第 354—355 页）。动物行为学的开山祖师康拉德 · 劳伦兹的《攻击与人性》（作家出版社 1987 年版）等一系列著作，也同样有助于我们更深入地体会金庸在《笑傲江湖》末尾的匠心——这么写不是偶然的。

近代以来，中国文学所受科学新成果的影响远不如西方之大，更不必说传统意味极浓的武侠小说了。梁羽生说起过自己的《七剑下天山》里对“近代心理学的运用”(《金庸梁羽生合论》)，正可与他谈梦的几篇随笔 (《梦的化装》《黄粱梦醒已三生》《怪梦不怪》《梦谶的解释》《梦境是一片胡言？》）对应；

《笑傲江湖》末尾的匠心，要不是《袁崇焕评传》对群众心理学与动物行为学的明确使用，还真不容易看出来。有时候我不免还想，金庸让他笔下的主人公不断地遭受苦难又不断地战胜苦难，是不是还有他服膺的汤因比“文明接受挑战”理论的投影？这当然又是另一个话题了。

阿凡提

在《书剑恩仇录》第十八回里遇到大名鼎鼎的阿凡提，而且是一位武功不凡的大侠，绝对是一次非常奇特的体验。只是这位阿凡提来得蹊跷走得突兀，好像没出场的必要：围剿张召重，少了他未必不行，最出彩的该是给李沅芷支招儿将余鱼同收为爱情俘虏，但有小诸葛徐天宏在侧——虽说他对男女情事不甚拿手，但须知金庸大才也，几笔便足以扭转——哪能给他抢了风头？颇疑心金庸少年时太喜欢阿凡提，一旦写小说便请他到书中来做客，权当少年情怀的狂欢。

不过阿凡提乃是历史上真实存在过的人物，并不全在民间的智慧笑话里讨生活，金庸这一“狂欢”可就出了岔子。

如今好多地方热衷于抢认历史名人为老乡，几百年来阿凡提享受的待遇大抵亦然。中国的维吾尔族人说他是新疆喀什人，乌兹别克认定他出生在乌兹别克斯坦的布哈拉，阿拉伯人却称伊拉克的巴格达才是他故乡。现代学者比较认可的是：阿凡提是土耳其西南部的阿克谢海尔城的人，他的陵墓至今犹存，墓碑上写着："纳斯尔丁·霍加，土耳其人，生于一二〇八年,卒于一二八四年。是伊斯兰教学者，当过教师，做过清真寺主持公众礼拜的领拜人。他是一个十分善于雄辩、善于讲故事、善于讲笑话的人。"十六世纪前三十年间，有一位土耳其作家拉米依编了一本《趣闻》，这是最早的阿凡提故事集。传奇人物总逃不了被涂涂抹抹的命运，在伊斯兰文化圈里，阿凡提被土耳其文、乌兹别克文、波斯文等等翻来覆去地传诵着，真实面目也就渐渐模糊了起来。

"纳斯尔丁"是阿凡提的名字，《书剑恩仇录》里的回民们也这么叫他。阿克谢海尔城他的墓碑上对他的称呼"霍加"（Hoja）和汉族读者对他的常用称呼"阿凡提"（Apandi）都来自突厥语，前者是对学识渊博者的尊称，相当于"导师"，后者是对有学识的男性的一般称呼，相当于"先生"，意思比较接近。

阿凡提的生活年代大致相当于中国的南宋末年，如果以金庸小说作为年代坐标，他最合适露脸的，大约是《神雕侠侣》，《倚天屠龙记》的开场也还赶得上。不知从西域来的欧阳锋、何足道知不知道他的名头，真想启二公于地下问之——只怕，金庸写《神雕侠侣》《倚天屠龙记》的时候，已经不需要他来凑趣了。

折扇

《天龙八部》开场就打，没打满一页纸就被青衫磊落的呆子段誉嗤声一笑牵着鼻子走了。这个不知天高地厚的年轻人嘴上不肯吃亏，偏偏毫无惧色，手里的折扇配合伶俐的口齿，动辄“轻摇手中折扇，轻描淡写地道”“轻挥折扇，摇了摇头，说道”，最是传神。接着他呆气变本加厉,要凭着嘴皮子“晓谕”神农帮不可胡乱杀人，求见帮主：

那老汉道：“阁下属何门派？尊师上下如何称呼？”

段誉道：“我没门派。我受业师父姓孟，名讳上述下圣，字继儒。我师父专研易理，于说卦、系辞之学有颇深的造诣。”他说的师父，是教他读经作文的师父。可是那老汉听到什么“易理”“说卦、系辞”，还道是两门特异的武功，

> 又见段誉折扇轻摇，颇似身负绝艺、深藏不露之辈，倒也不敢怠慢了……

打眼看看就不敢怠慢，“折扇轻摇”所起的作用端的不小，此可见包装之重要。

但如此道具，金庸写时怕也是顺手拈来，没多想。据卷首《释名》“本书故事发生于北宋哲宗元祐、绍圣年间，公元一〇九四年前后”，那个时代，流行的还是团扇形式的纨扇、纸扇，折扇有倒是有了，却不是从原产地日本进贡来，便是从高丽辗转来，能得到它的，非王侯公卿即权贵富室，社会上的闲杂人等哪有见识这等传说中的奢侈品的机会？话说元祐初年，苏轼、苏辙、黄庭坚、张耒获赠折扇，特地写诗唱和了一通才罢休，可见折扇之珍奇。这正是《天龙八部》时代的事。

当然了，段誉出身大理皇室，有把折扇也说得过去。若见过世面的人认出折扇来也就罢了，必定立即知道这青衫少年绝不是寻常人物，得罪不得，大可免掉他的耳光之灾。但多数人想必不知这摇来挥去的玩意为何物，就需要在这里加些旁观者的心理描写才合情理，也见金庸的绵密手段；何况人家能把“易理”“说卦、系辞”当成“两门特异的武功”，谁能担保不把折扇当作奇门兵刃呢？在小说里，这些北宋年代的人物看着段誉摇挥他的折扇，就像看到时常可见的团扇一样毫无异常反应，委实有些异常——虽然，很难想象段公子挥舞着团扇指手画脚还有没有那样的气势。

一百年后，《射雕英雄传》的光辉岁月到来了：最肮脏也最诡异的折扇是“江南七怪”中朱聪的那一柄，只在完颜洪烈“肩头一拍”，完颜囊里的四五十两银子就归他了（第二回）；最风光最潇洒的折扇自然是欧阳克的，一见黄蓉摇得格外欢，哪怕在动手过招（第十回）；最闲适最风雅的折扇大概是“渔樵耕读”的朱子柳的，野外读书之时还扇个不休（第三十回）。这些折扇的来路估计不同：欧阳克有的是钱，买个折扇不在话下；朱子柳作为大理国逊位皇帝的保镖，弄把折扇估计不难；朱聪这种社会底层的混混怎么会有的呢？很让人疑心，若非捡的，便是来路不正——惯偷总让人不放心。

其实最晚在朱聪拍上完颜肩头的三十多年之前，勤劳智慧的大宋人民批量仿制的折扇就已经应市了，无非是质量差点儿。一一六七年成书的《画继》说高丽扇“如市井中所制折叠扇者，但精致非中国所及”，就是这意思。但经过了技术攻关之后，“中国转加华侈”（赵彦卫《云麓漫钞》），国产折扇的制作工艺立即青出于蓝；再接着，专营折扇的店也有了，修扇子的活计也有了……这就已经到《射雕英雄传》的年代了。

但那时除了大户人家，见惯了折扇的人终究还是不多的，连朱聪这样出身草莽的人都有了一柄，可见他见过世面，意识先锋，不是一般的豪杰。那折扇真正的普及是什么时候呢？明陆深《俨山外集》："今世所用摺叠扇亦名聚头扇。吾乡张东海先生以为贡于东洋，永乐间始盛行于中国。"又明陈霆《雨山墨谈》："元初，东南使有持聚头扇者，人皆讥笑之。我朝永乐初始有持者。"不过这里说的明初永乐似乎太晚了些，前推几十年大约不成问题——内蒙古博物馆便藏有一尊女子手持折扇的元代陶塑，看装束，也未见得身属上流社会。由此大约可以推测，最晚在元代，折扇已然惠及大众。

但一直到元朝，外国使者手持折扇都要被讥笑，段誉、朱聪、欧阳克、朱子柳他们可谓江湖中勇敢的先行者矣，而《神雕侠侣》里的霍都王子等等当亦在此列。

时鲜菜蔬

《鹿鼎记》第三四〇至三四一页，尚膳监总管太监韦小宝大人极其难得地谈到了本职工作：

> 承值太监道："……太后和皇上的菜肴，一切时鲜果菜，都是不能供奉的。"韦小宝奇道："时鲜菜蔬不能供奉，难道反而只供奉过时的、隔宿的果菜？"他虽当了几个月尚膳监的头儿，对御厨的事却一直不曾留心。承值太监笑道："供奉过时隔宿的菜蔬，那是万万不敢。不过有些一年之中只有一两月才有的果菜，咱们就不能供奉了。倘若皇上吃得入味，夏天要冬笋，冬天要新鲜蚕豆，大伙儿又只好上吊了。"
>
> 韦小宝笑道："皇太后、皇上都是万分圣明的，哪有这等事？"承值太监一凛，忙道："是，是。太后和皇上圣明，那是决计不会的。听说

> 那是打从前明宫里传下来的规矩。到了我大清，皇上通情达理，咱们奴才们办起事来，就容易得多啦。”心下暗暗吃惊，对先前这几句话好生后悔。

金庸在中学时就成为鲁迅的读者，这一段对话，或许就是受到了鲁迅的杂文名篇《谈皇帝》（载《华盖集续编》）的启发：

> 往昔的我家，曾有一个老仆妇，告诉过我她所知道，而且相信的对付皇帝的方法。她说：“皇帝是很可怕的。他坐在龙位上，一不高兴，就要杀人；不容易对付的。所以吃的东西也不能随便给他吃，倘是不容易办到的，他吃了又要，一时办不到；——譬如他冬天想到瓜，秋天要吃桃子，办不到，他就生气，杀人了。现在是一年到头给他吃菠菜，一要就有，毫不为难……”

鲁迅写得传神，金庸写得细腻，两则材料摆在一起，最适合讲解杂文与小说的分别。不过这些话鲁迅得自乡下的老妇，韦小宝得自大内的太监，老妇与太监的话何其相似乃尔，很让人疑心老妇的消息来源——她有亲戚在宫里当差也未可知。民间故事里常有拿乡下人幻想帝王日常生活闹出笑话来寻开心的，鲁迅所谈也未必就是赞同其说。“万分圣明”的皇帝固然罕见，愚蠢胡闹到“冬天想到瓜，秋天要吃桃子”而动辄杀人的还不至于太多，除非是为了杀人而找碴儿。

但在韦小宝的时代，“夏天要冬笋，冬天要新鲜蚕豆”未必就办不到。因为中国最晚在汉代开始，就已经有了利用温室栽培反季节蔬菜的成功做法。

据《汉书·召信臣传》，汉元帝竟宁元年（前33），少府召信臣奏请节省宫廷的各种用度，其中一项是：“太官园种冬生葱韭菜茹，覆以屋庑，昼夜燃蕴火，待温气乃生。信臣以为此皆不时之物，有伤于人，不宜以奉供养……”在冬天，皇帝可以享用春季才生成的葱、韭黄等蔬菜，而这些蔬菜的长成，需要从早到晚都要用柴火来保持温室里的温度，耗费了大量钱财。召信臣以“不时之物，有伤于人”来说事，大约节约财力才是本意。

这是禁止用温室栽培反季节蔬菜的记载，可以想象，温室栽培技术的出现一定远在此前。汉元帝的父亲汉宣帝在位时成书的《盐铁论》是根据汉昭帝始元六年（前81）时一次朝廷会议档案整理加工的，其中《散不足》篇里提到当时富人的穷奢极欲，就有“冬葵温韭”。可见，温室栽培技术绝不是皇家的秘籍，民间的富人只要舍得花钱，也能享受到皇帝级别的待遇。

既然这一绝妙的技术已经存在了那么久，颇能满足“冬天想到瓜，秋天要吃桃子”“夏天要冬笋，冬天要新鲜蚕豆”的奇思异想,要禁止就不那么容易。何况连民间的富人都滋味十足地享受着，难道就让皇帝一边儿馋去？——哪一天变本加厉也说不准。汉元帝在撤销温室的当年就死了，二十七年后他的孙子刘欣（汉哀帝）即位，五年任期里做的一件事就是“广四时之房”（王嘉《拾遗记》）。“四时之房”自然也是温室，而且似乎超越前人。

一百多年后，当时的邓皇后在永初七年（113）下了一个诏令（载《后汉书 · 皇后纪上》）：“凡供荐新味，多非其节，或郁养强孰，或穿掘萌芽，味无所至而夭折生长，岂所以顺时育物乎！传曰：‘非其时不食。’自今当奉祠陵庙及给御者，皆须时乃上。”《资治通鉴》录此诏令（系于永初六年），胡三省注对“郁养强孰”的解释是：“为土室蓄火，使土气蒸郁而养之，强使成熟也。”采取的大概是从泥土下加温的方法。后人对“穿掘萌芽”的推测性解释则是：挖掘土坑（堆土在北面），利用坑内温度比地上高的特点，在坑内进行蔬菜的催芽育苗。总之，技术手段不成问题。这一诏令的结果是“凡所省二十三种”，也可想见当时利用上述方法培育蔬菜的种类已相当多，水平也相当高了。

到了唐代，当时内宫的园圃中使用温泉灌溉，还设立了“温汤监”这一专门的机构来负责该项业务。诗人王建《宫前早春》诗：“内园分得温汤水，二月中旬已进瓜。”不过，当时温室运用得最广泛的，还是花卉的反季节栽培，出现了著名的“堂花术”。有人说，武则天著名的“明朝游上苑，火速报春知。花须连夜发，莫待晓风吹”一诗，也是仰仗了这一新技术。

“堂花术”又叫“唐花术”，栽培出来的花自然就是“堂花”“唐花”。这一技术较之前人有了极大的改进，颇为繁复，自唐而下延绵未绝。宋代苏轼有《和述古冬日牡丹四首》诗，“春光回照雪霜羞”“能遣秋花发杜鹃”“直教霜卉放春妍”的句子写出了春色，也写出了他的惊奇与赞叹。周密《齐东野语》卷十六“马塍艺花”条对“堂花术”的记载尤详。再从明代的《帝京景物略》，到清代初中期的《居易录》《日下旧闻考》，直到晚清《燕京岁时记》，关于“堂花”的记载从未间断。

花卉如此，蔬菜瓜果亦然。不过有人说唐代宫廷栽培出来的瓜蔬主要用于祭荐陵庙，而不直接用于食用，是因为顾虑这种“不时之物，有伤于人”；

而中国人多将温室栽培技术用于花卉种植，也体现了这一态度。这很让人疑惑。在古人眼里，祭祀祖先是何等重大的事件，有伤于人的玩意儿能拿去糊弄祖先么？何况，中国人吃反季节蔬菜嘴软过吗？

且看这些记载：明代王世懋《学圃余疏》说："王瓜出燕京最佳，其地人种之火室中，逼生花叶……"这个"逼"字用得尤其好，大有人定胜天的风范。晚明徐光启《农政全书》卷二十七就平实些："今京师窖藏菜果，三冬之月，不异春夏；亦有用法煨焫，令冬月开花结蓏者。"用的是"令"字。只是这样的高科技产品一定不便宜，不是寻常人家吃得起的。明末刘侗、于奕正《帝京景物略》记载："元旦进椿芽、黄瓜……一芽一瓜，几半千钱。"谈迁《北游录》说："三月末，以王瓜不二寸辄千钱。"这样的物价水准，如今进口的美国猪肉与之相比也瞠乎其后了。

明朝亡了是清朝。韦小宝被晾在通吃岛上的那些日子里，有位高士奇一步步受到了康熙帝的赏识。这位与韦小宝同时代的高士奇写过一本《金鳌退食笔记》，其卷下有云：

> 南花园……明时曰灰池。种植瓜蔬于炕洞内，烘养新菜，以备春盘荐生之用。立春日，进鲜萝葡，名曰咬春。本朝改为南花园，杂植

> 花树。凡江宁，苏、松、杭州织造所进盆景皆付浇灌培植，又于暖室烘出芍药、牡丹诸花。每岁元夕赐宴之时，安放乾清宫，陈列筵前，以为胜于剪彩。

虽然这里在明朝时培植过蔬菜瓜果，现在只种花木，但未必就是彻底不栽培温室蔬菜了，新王朝另择了善地也说不定。无论是花木还是蔬菜，可见在韦小宝那当儿，皇家的温室技术可毫不含糊地延续着，要说几根冬笋几把蚕豆就把“大伙儿”逼得去上吊，不大可能——何况皇太后、皇上又都那么地“圣明”。

承值太监情急之下，把不能供奉时鲜果菜的规矩全赖在“前明宫里”了。他不知道，差不多就在当时，北京有位在明朝、大顺和本朝都做过官、如今已老病告休的孙承泽，正在秘密地撰写前朝史事。此公著作中有部《思陵典礼记》，关于“明宫荐新品物”的记载是：

> 正月：韭菜、生菜、鸡子、鸭子；二月：芹菜、薹菜、冰蒌蒿、子鹅；三月：茶、笋、鲤鱼；四月：樱桃、杏子、青梅、王瓜、雉鸡；五月：桃子、李子、来禽、茄子、大麦仁、小麦面、嫩鸡；六月：莲蓬、甜瓜、西瓜、冬瓜；七月：枣子、

葡萄、梨、鲜菱、芡实、雪梨；八月：藕、芋苗、茭白、嫩姜、粳米、粟米、稷米、鳜鱼；九月：橙子、栗子、小红豆、沙糖、鳊鱼；十月：柑子、橘子、山药、免（？）、蜜；十一月：甘蔗、荞麦面、红豆、鹿、兔；十二月：波菜、芥菜、鲫鱼、白鱼。”（有《借月山房汇钞》本，转引自瞿兑之《杶庐所闻录》“明宫食品”条）

“时鲜菜蔬”触目皆是，幸亏超级多面间谍韦小宝不知道，知道了也不认识字，认识字也不好意思公开引用——就为了训诫这么一个小小的承值太监。不过，博学如高士奇要是听到太监这番话，不知会怎么想。也许他后来在《金鳌退食笔记》写上这么一段，就是对混事的承值太监乃至不称职的韦小宝之流的无言的驳斥。

至于鲁迅家老仆妇的那通话，很疑心是鲁迅借了她的嘴演绎了一番北京本地的类似传说。吴相湘《三生有幸》（中华书局2007年版）第六二页：

我在北平时常听故老传说：顺治皇帝（康熙帝之父）喜爱菠菜，称之为“红嘴绿鹦哥”。北京一年四季有菠菜，传说即为迎合帝旨。深恐帝一旦传菠菜，而无菜品供御，可能要受处罚。

但我在故宫文献中没有看到有关记载……

倘这竟是冤枉了鲁迅先生，则让老仆妇相信世上有温室栽培这回事的确有点麻烦，还是让她心中的皇帝一年到头吃菠菜罢。

磁山

《书剑恩仇录》第十六回，陈家洛与霍青桐、香香公主为躲避狼群追逐，遁入玉峰古城，更进入玉峰内部的神秘宫殿之中，遂有不世之奇遇：

> 三人走进大殿，陈家洛突觉一股极大力量拉动他手中短剑，当的一声，短剑竟尔脱手，插入地下。同时霍青桐身上所佩长剑也挣断佩带，落在殿上。三人吓了一大跳。霍青桐俯身拾剑，一弯腰间，忽然衣囊中数十颗铁莲子嗤嗤嗤飞出，铮铮连声，打在地下。
>
> 这一惊当真是非同小可，陈家洛左手将香香公主一拖，与霍青桐同时向后跃开数步，双掌一错，凝神待敌，但向前望去，全无动静。陈家洛用回语叫道："晚辈三人避狼而来，并无他意，冒犯之处，还请多多担待。"隔了半晌，

无人回答。

陈家洛心想："这里主人不知用什么功夫，竟将咱们兵刃凭空击落，更能将她囊中铁莲子吸出。如此高深的武功别说亲身遇到，连听也没听见过。"又高声叫道："请贵主人现身，好让晚辈参见。"只听大殿后面传来他说话的回声，此外更无声息。

霍青桐惊讶稍减，又上前拾剑，哪知这剑竟如钉在地上一般，费了好大的劲才拾了起来，一个没抓紧，又是当的一声被地下吸了回去。

陈家洛心念一动，叫道："地底是磁山。"霍青桐道："甚么磁山？"陈家洛道："到过远洋航海的人说，极北之处有一座大磁山，能将普天下悬空之铁都吸得指向南方。他们漂洋过海，全靠罗盘指南针指示方向。铁针所以能够指南，就由于磁山之力。"

霍青桐道："这地底也有座磁山，因此把咱们兵刃暗器都吸落了？"陈家洛道："多半如此，再试一试吧。"

他拾起短剑，和一段椅脚都平放于左掌，用右手按住了，右手一松，短剑立即射向地下，斜插入石，木头的椅脚却丝毫不动。陈家洛道："你瞧，这磁山的吸力着实不小。"拾起短剑，紧紧握住，说道："黄帝当年造指南车，在迷雾中大破蚩尤，就在明白了磁山吸铁的道理。古人的聪明才智，令人景崇无已。"她姊妹不知黄帝的故事，陈家洛简略说了。

霍青桐走得几步，又叫了起来："快来，快来！"陈家洛快步过去，见她指着一具直立的骸骨。骸骨身上还挂着七零八落的衣服，骨骼形状仍然完整，骸骨右手抓着一柄白色长剑，刺在另一具骸骨身上，看来当年是用这白剑杀死了那人。霍青桐道："这是柄玉剑！"陈家洛将玉剑轻轻从骸骨手中取过，两具骸骨支撑一失，登时喀喇喇一阵响，垮作一堆。

那玉剑刃口磨得很是锋锐，和钢铁兵器不相上下，只是玉质虽坚，如与五金兵刃相碰，总不免断折，似不切实用。接着又见殿中地下到处是大大小小的玉制武器，刀枪剑戟都有，只是形状奇特，与中土习见的迥然不同。陈家洛正自纳罕，霍青桐忽道："我知道啦！"微微一顿，道："这山峰的主人如此处心积虑，布置周密。"陈家洛道："怎么？"霍青桐道："他仗着这座磁山，把敌人兵器吸去，然后命部下以玉制兵器加以屠戮。"（第638—640页）

看到这里不得不为作者的想象力拍案叫绝！而且金庸还不动声色地借陈家洛之口，给两个内陆回疆的异族女子（当然也是给现代读者）普及了一回科学知识与汉族传说，不愧寓教于乐的说部传统继承者。只是铁针指南、黄帝造指南车破蚩尤这两个例子，说的都是“指南”，而陈家洛三人眼前所遇之事，却是磁山吸去了他们随身携带的铁制兵器，甚至让他们一度以为遇到了强敌，濒临绝境。尽管究其根本，其实是一而二、二而一，但“原理”和“运用”还是略有差别。若说金庸从“指南针（车）”出发，设计出玉峰内、磁山上的这样一座宫殿来，步子迈得可真不小。

有一本书，金庸多次提到自己读过，即《天方夜谭》(《一千零一夜》)，里面记载了海底的磁石山使一艘铁钉船粉身碎骨的故事（《金门马》），故事中这艘倒霉的船迷航后“隐约见一黑线”，水手们告诉了舵师：

> 舵师曰：“前被暴风，致迷航路，今误至磁山矣。海际黑线，为一磁石高山，凡是舟中螺旋钉闩诸物，皆以铁为之，必为所吸，舟必立解，沉于海底。故磁山近海之处，满粘铁器，累累然不可计。是失事船舶，难更仆数矣。而此磁

山者，因受铁愈夥，吸力愈增。我曹复有何术，能自解免乎！”

……

翌晨……至日午，山益近，舵师言果验。舟中铁钉悉拔，及他铁器，均不翼而飞，直投山上，震震有声。船顿裂，下沉。海深不可测，舟中人溺水，无得出者。（奚若译，岳麓书社 1987 年版，第 63–64 页）

铁钉船遭遇海底磁山，据说原创权归印度，后来传到了阿拉伯和欧洲世界，再后来才传到中国（《域外集：元史、中外关系史论丛》第 166 页，何高济、陆峻岭著，中华书局 2013 年版）。陈家洛出身官宦，并非水手人家，出生于海宁，并非著名港口，又成长于西北，大概很难听到如此神奇的故事，因此让他讲罗盘、指南车更合乎情理。

最先进的科技，总是首先运用到军事上去，不独今日如此，至少黄帝时代已然——指南车的出现便是最好的例子。秦始皇这样的军国主义头子，自然也不会放弃磁石的妙用。大约汉末魏初成书的《三辅黄图》卷之一记阿房宫云：

作阿房前殿，东西五十步，南北五十丈，

> 上可坐万人，下建五丈旗。以木兰为梁，以磁石为门。

何故“以磁石为门”呢？书中有小字原注：

> 磁石门，乃阿房北阙门也。门在阿房前，悉以磁石为之，故专其目，令四夷朝者，有隐甲怀刃，入门而胁止，以示神。亦曰却胡门。

这条小注综合了《史记正义·秦始皇本纪》引《三辅旧事》以及《水经注·渭水》的相关记载（《三辅黄图校证》第15页，陈直校证，陕西人民出版社1980年版），差不多都是六朝前后的材料。今人更考证出了磁门所在的具体位置，正在阿房宫的中轴线正北方（《三辅黄图校注》第60页，何清谷校注，三秦出版社2006年版），看来比较可靠，绝非印度、阿拉伯的海底磁山传说可比。金庸只要读过《水经注》《史记正义》两部名著，就足够发挥了。

在来者的必经之途中设下一座硕大的磁石门，不仅可以选出暗地披甲怀刃的刺客或敌人，还能自动解除武装，气魄虽不及磁山来得大，却更切实用。“以示神”，足矣！可倘若敌人太多，又不肯乖乖地按照既定路线走，磁石门的作用也有限得紧。所以金庸才会索性加码，干脆将印度洋底的磁山搬到回疆去，让“迷城”建在磁山之上。当小说中玛米尔的战士们“有两次曾攻进了神峰，暴君桑拉巴却不知使甚么妖法，把我们战士的刀剑都收去了”（第659页）之时，桑拉巴的目的也就是“以示神”吧。暴虐政权总要使些小花招，证明自己的合法性。

二〇一四年一月二十八日——七月二十日

附记：

二〇一四年十月十三日本文在《文汇报•笔会》刊出之后，很快得到两位友人的提点：一位是舒飞廉兄，他写了一篇《“磁山”另有出处》，刊于十一月二十二日《文汇报 · 笔会》，今征得同意，附后；另一位是郑诗亮兄，指出《晋书 · 马隆传》记马隆在陇西作战，“奇谋间发，出敌不意。或夹道累磁石，贼负铁铠，行不得前，隆卒悉被犀甲，无所留碍，贼咸以为神”。这些都是极有价值的材料，之前竟然错过，是很不应该的。

还有需要检讨的地方，便是文中提到的阿房宫磁门，本以为“比较可靠”，但据最新研究成果，完全是不存在的：“经过我们钻探和发掘，发现这根本不是什么门址，没有路土、门道，没有相关设施。

从功能上来看，就是一个高台宫殿建筑……考古发掘出来的是战国、汉代的瓦片；建筑也是战国建的，沿用到汉代，而不是阿房宫的磁石门。”“在秦俑坑发掘了大量武器，主要也是铜兵器。我在汉长安城工作了近二十年，挖了那么多宫殿建筑遗址出来的兵器，也主要是铜箭头，铁的非常少。磁石是吸铁的啊，对铜兵器根本没用……”（李毓芳《阿房宫：没建成，也没被火烧》，载 2015 年 6 月 19 日《文汇报·学林》）虽然如此，却不妨碍《水经注》《史记正义》的读者自骋想象。因此，本文的推测，未必不能成立。

二〇一六年四月六日

附：“磁山”另有出处

舒飞廉

上月在《文汇报·笔会》上读到严晓星先生《磁山:“书剑恩仇”与〈天方夜谭〉》一文,认为金庸《书剑恩仇录》第十六回中，陈家洛、霍青桐、香香公主遁入玉峰古城，所遇能将兵刃暗器吸走的“地底磁山”，是出自《天方夜谭》中《金门马》故事：海底的磁石山使一艘铁钉船粉身碎骨；严晓星又指出，金庸玉峰磁山的“原型”,可能也受到了黄帝“指南车”与《三辅黄图》所载阿房宫“磁石门”的影响。用西方文化中的“原型”重新激活沉睡在中国古籍中的想象力，以科学思维来重新调理弥漫在侠义小说与神魔小说中的巫术思维，的确是金庸创造其武侠世界的“不二法门”，问题是，这一“造世法”，恐非金庸所独创。

还珠楼主《蜀山剑侠传》第一百七十回，李英琼等峨眉少侠破紫云宫，易氏兄弟中途受困于天痴上人所开辟的铜椰岛，岛上最厉害的法宝，就是一座能吸化所有炼自五金之精的法宝与飞剑的磁峰。磁峰“与北极真磁之气相同”，厉害已极，连南海散仙易周“采取海底千年精铁、用北极万载玄冰”磨冶而成的近乎于宇宙飞船的“九天十地辟魔神梭”也未能幸免，被磁峰牢牢地粘住。而天痴上人与其门徒的法宝，也因此多为玉石与“神木”所制。回到《书剑恩仇录》第十六回，陈家洛说：“到过远洋航海的人说,极北之处有一座大磁山……”霍青桐讲:“这地底也有座磁山……”而磁峰的主人，也多制玉剑代替“五金兵刃”，我们即可推断，金庸的“磁山”恐怕不是由《天方夜谭》中来，而是直接化用自《蜀山剑侠传》。

细读《蜀山剑侠传》，类似“磁山”的故事比比皆是。少林武当等门派建构，神雕、白猿等灵物，与道家—道教—丹道家系统相关的武功设定，与修行的真人相关的侠客形象，掩蔽在故事之下的佛道的文化，已由还珠楼主草创成立，直接启发了金庸等后来的港台武侠作者。金庸说：“就武侠小说创作而言，其实我就很喜欢《蜀山剑侠传》，我的小说创作也深受还珠楼主的影响和滋养。”此语并非谦抑与虚言。

叶二娘与诃利底药叉女

叶二娘，《天龙八部》中“四大恶人”之二，外号“无恶不作”，就是说作恶没底线，而且是个多面手。偏偏小说里只写她行为模式单一的恶行——每天偷来一个婴儿，百般怜爱，晚上便弄死，读来令人不寒而栗。想想二十多年下来，少说也荼毒了七千多个婴儿，祸害了七千多个家庭，“四大恶人”之首段延庆的外号“恶贯满盈”该移交给她才合适。新修版中，金庸将这一恶行改成了每天偷一个小孩，玩腻了便送给不相关的人家去收养（第138页）。在人心淳朴的年代，金庸奉上惨绝人寰的重口味；在重口味的年代，胡乱送养简直就是小清新了。

等到第四十二章，一切真相大白。叶二娘的行为，源于她自己的孩子被人掳走，下落不明。她对偷来的孩子百般呵护与怜爱，是在填补她人生缺失却又无限渴求的一环；她对孩子痛下杀手，则是失落、绝望、妒忌、愤恨、丧心病狂的集中体现。这样充满张力、惊心动魄的情节，正是小说家展露身手的机会。

应该指出，金庸无疑借鉴了唐代义净法师所译《根本说一切有部毗奈耶杂事》卷三一中记载的诃利底（Hariti）药叉女吃小儿而最终皈依佛陀的故事：

摩揭陀国药叉娑多、健陀罗国药叉半遮罗相友善，为子女指腹为婚。后娑多得女，名欢喜；半遮罗得子，名半支迦。多年后娑多去世，欢喜之弟继位，欢喜向弟弟再三要求，将都城中居民新生的男孩女孩，取来吃掉。他的弟弟知道难以阻止，想起父辈婚约，将姐姐嫁给了半支迦。婚后，欢喜生了五百个孩子，其中最幼者爱儿，最受疼爱。

欢喜终不能忍吃孩子的欲望，于是城中孩子渐少，引起居民恐慌，求助于王。但严查、祭祀，都无济于事。这时本城守护天神托梦给众人，说孩子是被欢喜所食，只有佛陀才能解决此事。众人都说，这么坏的人怎么能叫“欢喜”！从此都称呼欢喜为“诃利底药叉女”。

佛陀接受了请求，前往诃利底药叉女家。当时诃利底药叉女出去了，爱儿在家中。佛陀用钵将爱儿盖住，使他的哥哥们都无法看见他。等诃利底归来，找不到爱儿，四下寻找，总是不见。诃利底痛苦万分，

仇英《揭钵图》（局部）所绘即诃利底药叉女揭开佛陀之钵的场景

利尔美术馆。

精神迷乱，行遍城中，毫无所获。由此又千山万水、上天入地，种种坎坷，经历殆尽。最后还是多闻天提醒她，你家附近最近有何人来过。诃利底药叉女道，修行者乔答摩来过。多闻天说，那你赶紧去找他，他能让你见到爱儿。

诃利底听罢，“情生欢喜，如死再生”，赶回家中。远远看到佛陀现出三十二相、八十种好，庄严光明，顿生景仰，烦恼尽去，好像已经找到了爱儿。到了佛陀的住处，顶礼佛足，退坐一旁，说明来意。佛说，你有几个孩子。答曰五百。又问，五百个孩子里，若失去一个，有何等痛苦。答曰今天我若见不到爱儿，必定吐血而死。佛说，诃利底啊，五百个孩子少一个，你便痛苦成这样，况他人只有一个孩子，你偷偷去吃掉，他们又苦成什么样子。诃利底意识到他人之苦，数倍于己，悔意既生，遂受戒皈依。那么，诃利底何以要吃城中婴儿？佛陀接下来又解释了一通，自然是此城之人“先所作业，还须自受”，诃利底前世因此受苦，发下恶愿的结果。

《天龙八部》是金庸小说中较为“神异”的一部，却也不能完全照搬，只截取诃利底窃子而食，被佛陀以法力隐藏爱儿一节。同时又颠倒因果，使叶二娘之子被人窃走下落不明为因，叶二娘受此刺激，日窃一婴而杀之为果，做到了自圆其说。而叶二娘之子因何被窃，则又是另一番因果。叶二娘当然也不能如诃利底一般吃掉婴儿，那不属于人类世界，而杀人，却是人类世界的常态。

金庸在《天龙八部·释名》结尾说：

> 天龙八部这八种神道精怪，各有奇特个性和神通，虽是人间之外的众生，却也有尘世的欢喜和悲苦。这部小说里没有神道精怪，只是借用这个佛经名词，以象征一些现世人物，就像《水浒》中有母夜叉孙二娘、摩云金翅欧鹏。

叶二娘与诃利底药叉女，大约是神道精怪与尘世众生结合得比较紧密的一例。诃利底药叉女，汉译又作诃利帝母、鬼子母，类似故事可见《鬼子母经》、《杂宝藏经》卷九、《大药叉女欢喜母并爱子成就法》、《摩诃摩耶经》（卷上）、《南海寄归内法传》（卷一）等佛典。在汉传佛教中，后来她又演化为小儿与孕妇的保护神，岂非将功补过欤？叶二娘乍遇爱子，旋即自尽，却没有这样的机会了。

二〇一六年四月六日

附：《天龙八部》中的三位药叉女

南窗

严晓星在《叶二娘与诃利底药叉女》中指出，金庸写叶二娘“日窃一婴而杀之”，是“借鉴了唐代义净法师所译《根本说一切有部毗奈耶杂事》卷三一中诃利底（Hariti）药叉女吃小儿而最终皈依佛陀的故事”，通过故事对比，这一判断应是成立的。严兄还通过比较《天龙八部》的修订版和新修版，发现在新修版中，叶二娘将偷来的婴孩玩腻后，便胡乱送与人家去收养，而并非杀死，严兄称这是变重口味为小清新。但如果阅读最初的连载版，我们会发现，连载版的描写更是重口味。

连载版写木婉清发现被叶二娘杀死的婴孩：

> 只见草丛中丢着六个婴儿的尸身，有的仰天，有的侧卧，日前所见叶二娘手中所抱的男婴也在其内。木婉清呆了半晌，走近那男婴一看，只见他颈边两排牙印，咬了一个小洞，正在颈边的血管之上，想起南海鳄神的言语，登时了然于胸：“这无恶不作叶二娘，果真每天要吮吸一个婴儿的鲜血。她在峰上六天，已杀了

六个婴儿。”……六个婴尸中有一个身上犹有暖气，但皮肉干枯，血已吸尽，那便是叶二娘适才投掷过来的了。

之后，叶二娘又抓到无量剑东宗掌门左子穆的独子左山山：

左子穆见她一副馋涎欲滴的模样，转眼便要将自己的亲生孩儿吃了，如何不惊怒交迸……南海鳄神也问：“你见过我徒儿没有？”左子穆又道：“你徒儿是谁？我没见过。”南海鳄神怒道：“你既不知我徒儿是谁，怎能说没有见过？放你妈的狗臭屁！三妹，快将他儿子吃了。”叶二娘道：“我今天早晨已经用过了早餐……”

按南海鳄神的口气，连载版中的叶二娘似乎真会吃婴儿的，最起码书里明确写她每天都要吸食婴儿鲜血。连载版的这类描写，在细节上对“诃利底药叉女”故事的借鉴更为明显；但一方面，吸食鲜血与《倚天》中韦一笑的行为过于雷同，更重要的是，它太不符合中国人的审美，显得不近人情，因此修订版中金庸把这些血腥描写都进行了删改。如上面引文那句“我今天早晨已经用过了早餐”，就被改成了“你二姊是不吃小孩儿的”，两相对比，很有点此地无银的意味。

叶二娘窃婴杀婴的行径是借鉴“诃利底药叉女”故事，而她名字的灵感，则应来自《水浒传》的“母夜叉”孙二娘。不仅是都叫“二娘”，而且“药叉”其实就是“夜叉”的另一个译音。金庸在《天龙八部·释名》中介绍说：“‘夜叉’的本义是能吃鬼的神，又有敏捷、勇健、轻灵、秘密等意思……现在我们说到‘夜叉’都是指恶鬼。但在佛经中，有很多夜叉是好的。”而原本年轻美貌的“药叉女”形象，随佛教东传到中国后，也发生巨大变化，在中国人心中，“母夜叉”三字几乎成为外貌丑陋、行事凶恶的女人的代名词。

除了叶二娘，《天龙八部》中还有两位“药叉女”，即木婉清和钟夫人甘宝宝。这三位的行事都颇为狠辣，正如中国人心中的“药叉”。叶二娘自不必说，木婉清也是动辄杀人（连载版渲染得更明显），甘宝宝虽然出场不多，但她与秦红棉、木婉清同出一门，且称自己“辣手无情”，当年风采可以想见。

至于相貌，叶二娘“两边面颊上各有三条殷红血痕，自眼底直划到下颊”，毁容后很有些恐怖。甘宝宝是段誉眼里“容色清秀”的美妇，是云中鹤口中的“美貌佳人”，更是钟万仇心里“花容月貌的美人儿”，但如前所说，中国民间认为母夜叉凶恶丑陋，所以她的外号像“俏李逵”周绮、“西山一窟鬼”的俏鬼一样，前面要强调一个“俏”字，叫作“俏药叉”。但即便这样，甘宝宝仍嫌这外号“不大好听”。木婉清在现在通行的修订版及新修版中没有外号，但在连载版中却叫作“香药叉”。这种“不大好听”且也不够准确（木婉清并不丑）的外号之所以被传开来，恐怕跟木婉清在江湖中始终面覆黑纱，不以真面目示人有关。所以在连载版中，神农帮帮众面对假扮木婉清的段誉，大开轻薄玩笑，一个说要看她“到底是美若西施，还是丑如药叉”，一个附和道：“她名叫药叉，定是个药叉婆了，否则老是蒙住了脸干什么？”甚至连段誉也产生过这种误解。木婉清昏迷时，段誉既想看她面纱后的容貌，但又不敢看：

> 她若不是丑逾常人，何以常年戴上面幕，不肯以真面目示人？何况她外号叫作“香药叉”，这个“香”字是确实的，那“药叉”二字，想来未必会假。这位姑娘行事凶恶无比，料想也和“清秀美丽”这四个字无缘，我不看也罢。

书呆子段誉对“香药叉”咬文嚼字的分析，虽然好笑，但其实同前面神农帮帮众一样，都是基于“药叉”

在中国的民间形象而产生的自然联想。修订版因为删掉这一外号，只好改为段誉担心她“当真是满脸的大麻皮”而不敢去看，合理性未免稍差了。

“夜叉”是“天龙八部”之一。也许金庸在创作之初，确有将小说人物与“天龙八部”大致对应的打算，但在创作中，特别是几次修订后，这种对应关系其实已经不太明显了。所以金庸在《天龙八部·释名》中说他“只是借用这个佛经名词，以象征一些现世人物”。本文写“三位药叉女”，主要是想指出与之有关的一些素材、原型，她们自是金庸小说中的鲜活人物，而非佛经故事中的神道精怪。

二〇一六年五月十五日《羊城晚报·人文周刊》

三笑逍遥散

《天龙八部》第三十二回，两大高手连续因“三笑逍遥散”而毒发身亡。最先出现中毒迹象的是聪辩先生苏星河：

> 苏星河见他试演无误，脸露微笑，赞道：“掌门人记性极好，一学便会。”
>
> 虚竹见他笑得颇为诡秘，似乎有点不怀好意，不禁起疑，问道：“你为什么笑？”（第1254页）

但先罹难的是少林和尚玄难：

> 玄难微笑道：“你得聪辩先生青眼，居然学会了如此巧妙的疗伤本事，福缘着实不小，你尽管在我‘百会穴’上拍击便是。”

虚竹……虽说是为了疗伤，究竟心下惴惴，又见他笑得颇为奇特，不知是何用意，定了定神，又说一句："弟子冒犯，请师伯祖恕罪！"这才走上一步，提掌对准玄难的"百会穴"，不轻不重，不徐不疾，挥掌拍了下去。

虚竹手掌刚碰到玄难的脑门，玄难脸上忽现古怪笑容，跟着"啊"的一声长呼，突然身子瘫软，扭动了几下，俯伏在地，一动也不动了。

旁观众人齐声惊呼，虚竹更是吓得心中怦怦乱跳，急忙抢上前去，扶起玄难。慧方等诸僧也一齐赶到。看玄难时，只见他脸现笑容，但呼吸已停，竟已毙命……

……苏星河……抓起玄难的手脉，皱眉道："玄难大师功力已失，在旁人暗算之下，全无抵御之力，竟尔圆寂了。"突然间微微一笑，神色古怪。

虚竹……蓦地想起苏星河在木屋中诡秘的笑容，怒道："聪辩先生，你从实说来，到底我师伯祖如何会死？这不是你有意陷害么？"

苏星河双膝跪地，说道："启禀掌门人，苏星河决不敢陷掌门人于不义。玄难大师突然圆寂，确是有人暗中加害。"虚竹道："你在那木屋中古里古怪的好笑，那是什么缘故？"苏星河惊道：“我笑了么？我笑了么？掌门人，你可得千万小心，有人……”一句话没说完，突然住口，脸上又现出诡秘之极的笑容。

薛慕华大叫：“师父！”忙从怀中取出一瓶解毒药丸，急速拔开瓶塞，倒了三粒药丸在手，塞入苏星河口中。但苏星河早已气绝，解毒药丸停在他口里，再难咽下。（第 1257–1258 页）

惊心动魄的谋杀时刻过后，苏星河的弟子自然要向新任掌门虚竹解释一番：

康广陵……道：“……家师所中之毒，叫作‘三笑逍遥散’。此毒中于无形，中毒之初，脸上现出古怪的笑容，中毒者自己却并不知道，笑到第三笑，便即气绝身亡。”

虚竹低头道：“说也惭愧，尊师中毒之初，脸上现出古怪笑容，我以小人之心，妄加猜度，还道尊师不怀善意，倘若当时便即坦诚问他，尊师立加救治，便不致到这步田地了。”（第 1260–1261 页）

武侠小说中各种施毒的法门、奇异的毒药见多了，倒也不觉得如何奇特。可若设身处地一想，还当真有点不寒而栗。文字功力之外,不得不佩服金庸能编。

的确有能让人死前出现古怪诡秘笑容的毒药，马钱子就是其中之一。人中此毒后，半小时内出现症状，浑身各处痛感强烈，四肢僵直，面带痉笑，但神志清醒，痛苦不堪，不久呼吸衰竭而死。相比之下，中毒后更接近“三笑逍遥散”症状的毒药，竟然真的存在，这就颇出人意表了。

明天启三年（1623），来华传教的意大利人艾儒略（Giulios Aleni，1582—1649）完成并刊行了他用中文撰写的世界地理书籍《职方外纪》,其卷二记“意大里亚”(今译意大利)的岛屿“搽而地泥亚”(Sardinia，今译撒丁岛）云：

> 一搽而地泥亚,亦广大,生一草名搽而多泥,人食之辄笑死，状虽如笑，中实楚也。西谚凡谓无情之笑,皆名搽而多泥笑。(《职方外纪校释》第 88 页，谢方校释，中华书局 1996 年版）

“搽而多泥”,谢方注为“未详”(第 92 页),何高济《〈职方外纪校释〉补释》(《域外集:元史、中外关系史论丛》第 212 页）云：

> 即搽而多泥 Sardonia，是一种有毒的毛茛

科植物（Ranunculaceae），据说它可以引起痉挛和强迫的笑，因此 Sardonico 一词便转作冷笑的、讥刺笑的意思，至今仍保存在欧洲的语言中，即英语的 Sardonic。《职方外纪》介绍了一个有趣的欧洲语汇。（Ranunculaceae 拼写原误，径改。）

“人食之辄笑死”、“有毒的”植物、“痉挛和强迫的笑”，这与金庸笔下中了“三笑逍遥散”的症状极为相似，差别只在是否口服，笑了几次。不必口服，触之即死，大约仰仗提炼者的技术能力，毒物有了升级版，可以理解；“笑到第三笑，便即气绝身亡”，比现代医疗中大多数药物反应的表现还要精确，不免过分坐实，其实只须明白笑多了便是中毒已深回天无术，堪堪足矣。

“西谚凡谓无情之笑，皆名搽而多泥笑”，饱蠹古典的艾儒略介绍这个“有趣的欧洲语汇”时，心中所想的不知是不是荷马史诗。据说最早使用“搽而多泥笑”的，是这一句“μείδησε δὲ θυμῷ σαρδάνιον μάλα τοῖον”（《奥德赛》20.301—302），王焕生译本作“心中对他报以轻蔑的一笑”（人民文学出版社 1997 年版，第 430 页）。其中“轻蔑的一笑”对应的“σαρδάνιον”，原型为“σαρδάνιος”，以拉丁字母转写，即“sardanios”（或作“sardonios”），后演为拉丁文“sardonius”，意为“撒丁岛的”。这个词进入法语，成为“sardonien”（后演为 sardonique），又从法语进入英语，即“sardonic”。

西塞罗《亲友书信集》第七卷第二十五篇用过“γέλωτς σαρδόνιον”，亦即“ 搽而多泥笑”（撒丁岛式的笑容）。此后，维吉尔《牧歌》第七章第四十一行“你尽可说我比撒丁岛的草药还苦涩”（党晟译注，广西师范大学出版社 2017 年版，第 107 页），四五世纪间，罗马学者 Maurus Servius Honoratus 为之作注，提到了“撒丁岛式的笑容”与撒丁岛草药二者之间的关系。不过，据当代学者研究，荷马原文其实与撒丁岛的神秘植物很可能并无关联；同时，也很难确切指认艾儒略这方面的知识来自哪里。只能说，就算附会不足信，艾儒略那个时代的欧洲人大约就是那么认为的。

然而，传说中的神秘植物却是的确存在的。前些年，意大利东皮埃蒙特大学（University of Eastern Piedmont）的学者不仅找到了它，还在二〇〇九年五月二十二日《天然产物杂志》(Journal of Natural Products) 上发表了他们的研究成果《撒丁岛水芹中的多炔：撒丁式笑容的分子线索》(*Polyacetylenes from Sardinian Oenanthe fistulosa: A Molecular Clue*

“三笑逍遥散”与撒丁岛水芹的直接关联，目前还不能坐实。但金庸若是有意这么写，大约是从英文单词 Sardonic 涉及的西方博物学知识。

图为撒丁岛水芹，出自 Franz Eugen Köhler《科勒药用植物》(*Köhler's Medizinal-Pflanzen*) 一书。

to Risus Sardonicus）。据云，这种植物拉丁名为 Oenanthe crocata，当地俗称“水芹”，在撒丁岛极为常见。分析发现，植物中所含的剧毒物质，能使面部肌肉收缩，看起来好像人在龇牙咧嘴或做鬼脸。

“三笑逍遥散”与撒丁岛水芹的直接关联，目前还不能坐实。但金庸若是有意这么写，大约是从英文单词 sardonic 涉及的西方博物学知识。独家研发并使用“三笑逍遥散”的丁春秋，带领他的徒子徒孙长年盘踞在西北星宿海，那里大约能沾润些中西交流的余泽，偶尔采用一点儿极西的原料与技术，虽然于史无征，倒也合情合理。

二〇一四年七月二十日—二〇一八年十二月二十三日

（本文在外文识读与资料查找方面，承张治先生、张凌女士、高山杉先生、孙田小姐、宋希於先生提供帮助，王家葵先生、张治先生审读了全文，特此鸣谢。）

政治情怀

不能忘情于政治，是金庸贯穿一生的信念。当然，这种不能忘情是表现为不同形式、不同特点的，非独为官。金庸虽然出生、成长在“地主和银行家的家庭”（《探求一个灿烂的世纪：金庸 / 池田大作对话录》第 146 页），但其内在却是传统士大夫精神的，有着儒家以天下为己任的入世情怀。他“积极关心世务和大众”（《金庸小说论稿》第 166 页引金庸《小序：男主角的两种类型》，严家炎著，北京大学出版社 1999 年版），自有其政治理想，所以他才会在一九五〇年赴京求职。这次求职的失败，意味着他直接参与政治的破灭。

其后，金庸的政治情怀就迸发在社评与小说之间。他以文人论政的姿态接续了旧《大公报》的传统，体现其立场者，是《明报》及其社评。社评的影响是在政治范围之内的，他浓厚的民本思想、爱国信念决定了他的政治态度。他的小说大多是反映了对理想政治的追求、对政治异化人性的厌恶、对政治人物的批判、对政治现实的失望。陈平原先生曾将金庸定位为“有政治抱负的小说家”（陈平原《超越“雅俗”——金庸的成功及武侠小说的出路》，载《当代作家评论》，1998 年第 5 期），是真正了解和读懂金庸的知人之评。

在金庸的世界里，小说与社评以时政为桥梁，形成了互动的关系。一方面社评的写作给小说提供了更多的素材，进一步加深了他对政治、人性的认识；一方面小说成为社评之外金庸的另一个倾诉空间。在特定的条件下，二者又与金庸个人的处境纠缠在一起。一九六七年金庸因在社评中抨击极左人士的立场而生命受到威胁，这时候他引以为榜样的，竟是自己小说中的英雄人物。（《探求一个灿烂的世纪：金庸 / 池田大作对话录》第 122 页）

晚年的金庸，终于有机会为政治状况的好转做一点实事。他访问台湾和内地，殷殷于国事，参加香港基本法起草委员会，以及后来的香港特区预委会，都可在他的政治情怀中找到答案。热情之高，以致别人以为他有政治野心，图谋香港首任行政长官一职。

抓住了金庸的政治情怀，也就抓住了金庸一生的主线。可惜多少庸碌的传记作者，还在卖力地喊他“金大侠”！

附录

"金学"三昧

萧桓

我是从《今古传奇武侠版》上第一次展读严晓星（署名"应笑我"）《金庸识小录》的，记得是《蟹汁化漆》一则吧，当时便很喜欢；后来陆续又在天涯的"闲闲书话"版、《读库》杂志等处不时见到"识小录"，进而自己受到鼓舞与启发，也写下一组读金札记，转眼快十年了。这本"一直在修订，偶尔有补写"的小书诞生得颇有波折，但终于在今年由中华书局推出；翻阅目录和正文，如遇旧雨，不禁令人"喜心翻倒"。

严晓星"识小"的内容包罗很广，大致似可别为议论和考证二端（只就每篇文章大体而言，实际严氏的议论皆是从大量资料中得出，而考证中也常夹有议论）。前者如《聚贤庄中的酒杯》，将金庸小说创作的时间表与金庸的人生经历进行对照，从中探究金庸为何会反复思考"正邪"这一主题，文中引用了梁羽生对“萧峰在聚贤庄与往日兄弟干杯断义、展开生死搏杀一节”的评论，严晓星慨叹道:“不了解金庸的经历，谁能从这杯酒里看出这么丰富的内涵？”又如《“因为那时候我还不明白”》，严晓星注意到金庸《倚天》后记中这一句话，背后实际隐藏着对爱子查传侠英年早逝的无尽悲痛，“平平淡淡十个字，正是作者心血所系，倘若不知其详，闲闲读过，岂不体会不到作者的大悲之心？”诸如此类知人论世，深得三昧的文字在书中还有不少。

而书中分量更大，我也更偏爱的，还是那些长短不一的考证文。有的点明写法上借鉴，如《红楼笔法》《学〈水浒〉写〈书剑〉》等；有的探究了小说人物、情节的原型，如《黄药师形象探源》《“皮格马利翁现象”》《一个人需要多少地？》等；有的则是对小说素材、知识来源等的杂考，如《康熙初年金银比价》《明教·明朝》《大同府的姑娘》《双蛇杖》《折扇》等；至于《〈春江花月夜〉》一文根据许多音乐史料，考证出《书剑恩仇录》里乾隆皇帝听不到这首近百年后的琵琶古曲，更是严氏的拿手好戏（严晓星对民族音乐文献多有研究，著有《条畅小集》《梅庵琴人传》《近世古琴逸话》等专著)。

有意思的是，《金庸识小录》某些考证文的初稿，金庸应有寓目。如《九阴》一则，金庸是从杨兴安文摘录的片段中看到的（《金庸识小录·跋》）。这件公案说来话长，台湾某氏在《论剑》一书中轻言道家没有“‘九阴’怪谈”，又说“盖此为道家形而上学所定，关乎阴阳消长之机，即令是太上老君也动它不得”，甚至说金庸“莫非欺弄读者不学无知乎”。严晓星则征引各种史料证明“九阴”一词先秦以来频见于载籍，道教类书《云笈七签》且引及《帝君九阴经》。金庸特意在新修版《神雕》第四册附上一篇题为《易经、阴阳与术数》的长文，以回应某氏的“质疑”，并称“杨兴安、严晓星二兄辛勤为此小问题查阅道藏,极感”。又如《红楼笔法》提到《书剑》里写陆菲青眼中霍青桐的外貌，“当真是丽若春梅绽雪，神如秋蕙披霜，两颊融融，霞映澄塘，双目晶晶，月射寒江”，太过近似《红楼梦》第五回对警幻仙姑的描述，甚至部分字句雷同，严氏直言金庸“这一抄，或许可归入‘抄得不好’之列”（“红学家”蔡义江也看到这点，说金庸这段是将《红楼梦》的描写“原封不动地搬了过去”，见其《金庸小说得益于〈红楼梦〉——乙亥年海峡两岸红学研讨会上发言片断》一文）；而我翻新修版《书剑》第一回，这段描写则写作“当真是丽若冬梅拥雪，露沾明珠，神如秋菊披霜，花衬温玉，两颊晕红，霞映白云，双目炯炯，星灿月朗”，几乎每句都有修改，可见金庸接受了这个批评意见。自然，金庸也有他的考虑和“坚持”。比如严氏在《跋》里说自己“曾有机会写下《春江花月夜》一则的大意面呈金庸先生，不知是否被及时纳入《书剑恩仇录》的修订”，而我翻新修版《书剑恩仇录》第十回相关句子，并无改动；又如《“胡说九道”雷同》一文指出“给‘胡说八道’上另加一两道，想是金庸先生的得意之笔，因此才有意无意地一用再用”，而查新修版《倚天屠龙记》第三十回和新修版《鹿鼎记》第十七回，严氏所举“胡说九道”雷同的例子都原样保留。

本书的一些篇目，尚可补阙。如《九阴》一文据宋代类书《云笈七签》引及《帝君九阴经》，其实东晋葛洪的《抱朴子 · 遐览》即已著录《九阴经》；又如《蟹汁化漆》，征引《博物志》《中国科学技术史》等书以证胡青牛“胡言”不胡，其实还可引明代医书《景岳全书》卷六十“解漆毒”条：“一州牧以生漆涂囚眼，囚即盲。适一村叟见而怜之，语之曰：‘汝急寻蟹，捣碎取汁，滴眼内，漆当随汁流散，疮亦愈矣。’如其言，觅得一小蟹。用之，目睛果愈，略无损。”而《倚天屠龙记》第十二回对“误吞水蛭”“水银入耳”“误吞钢针”等种种怪症的治法，大多都能在医药典籍上找到依据。

最后我想谈谈这本书的书名。从明清降至当代，以“识小录”作书名的实在不胜枚举。读书人为何偏爱这一书名？推想一是为示谦逊吧，不论“太仓稊米”“木屑竹头”还是“管窥锥指”“不贤识小”，皆是此意，虽不必都当真，倒也不算假客气；更重要的，我认为许多当代学人钟情“识小录”，实在是对我国传统“札记体”有意识继承、发展，特别在当下，还寓有对“重视废话一吨，轻视微言一克”（钱锺书语）的“学术八股”和拾人牙慧、巧取豪夺的“编著”文字的不满和反拨。这本小书识的是“大”或是“小”，我并不在意，关键是它“实在”，的确“每一篇都说了点东西，读了总不会毫无所得”（《跋》），仅此一点，就足够厕身于已有些“汗牛充栋”的金学著作中而无愧色了。

二〇一二年十月七日《南方都市报·阅读周刊》

《金庸识小录》：芥子纳须弥

谷卿

我因《近世古琴逸话》知道严晓星先生，了解到他是一位对古琴历史非常熟悉的掌故家；而后见到他的《金庸识小录》，更认识到他还是一位专家级的“金粉”。

《金庸识小录》是严晓星在网络及报章上连载多年的小文章的结集，说它们是“小”文章，不是轻视其内容，而是爱怜其体量——它们多为数百而至千余字的篇章，虽然简短，但往往打中要害、说出关键、搔着痒处。又缘于严晓星渊博庞杂的知识结构，他总能看出金庸小说中一些人物的原型、情节的蓝本以及典故的出处，其文直似道破《石头记》许多文字机关的脂批，读来实能叫人为之一喜。

历来评析金庸小说者，无不重视其人物形象及爱情故事，而《金庸识小录》每从小处着眼，补充了很多评论研究之不足，如论说紫白金青四大法王之排名实有西方文化背景之根据、蟹汁可以化漆之说非虚、折扇在唐宋之际尚未流行等等，皆有理据，翔实可信。书中另有对一些被读者所忽视情节的解读，涉及中西文化比较和文化心理学的领域，如《作为耶稣的洪七公》《“皮格马利翁现象”》《峨默及其诗作》《铁厅烈火》《杀子》等，无不得自作者严晓星独特的阅读体会，亦予读者颇多启示。

至于书中我最感兴趣者，乃是《厮杀同类》一篇。对于《笑傲江湖》中令狐冲于黑暗之中一通乱砍、只想冲杀出洞的情节，读者或许并不陌生，但往往没能注意到令狐冲此时心理之典型性。严晓星对此十分敏感，他说：“不必看全梁羽生的小说，就可以有把握地说他的书里不可能出现这一幕。他的创作有很多教条，主人公，一个‘侠客’，无论如何不会伤及无辜，哪怕是牺牲自己，哪怕是在这样极端的环境下。金庸却真实地表现了所谓的侠客还原为一个普通人后，沦陷在混乱的群体中，面对死亡威胁的强大压力时为了争取生存空间而丧失理性的疯狂。”金庸非常善于营构一些特殊场景，在其中对人性进行深刻的叩问反思和合理的推测演绎——《笑傲江湖》里大家互相砍杀的漆黑山洞显然就是这样一个典型的场域——而在这类特殊场景里，人们如何自处，如何面对敌友，小说每有极精彩之呈现。

严晓星更因此联系到金庸的《袁崇焕评传》，运用群众心理学与动物行为学分析百姓以石块掷袁，与《笑傲江湖》此段颇为类似："第一次宁远大战，清兵猛攻，眼见城破在即，百姓就大骂袁崇焕害人，清兵退后，便即大哭拜谢。据动物学家的调查报告，合群的动物（如老鼠）在遇到危难时，往往会厮杀同类，或许是出于同一心理。"其后，严晓星又引塞奇·莫斯科维奇在《群氓的时代》和康拉德·劳伦兹《攻击与人性》，说明群体认同与"厮杀同类"的心理问题。其实，金庸的高明之处就在于高明得令人难以一眼看出高明所在，而严晓星通过细密的分析和联想，为我们一一点出最奇巧的关窍存于何所、如何发见。

《金庸识小录》中谈到一些人物形象的原型对应问题，非常可信，但也有些值得补充和商榷处。比如在《黄药师形象探源》中，严晓星认为黄药师的人物形象主要来源于"民间传说中的诸葛亮、刘伯温式的聪明绝顶、无所不知、多才多艺的智者"，以及"蔑视礼教、不拘小节、至情至性、狂放旷达的魏晋人物"。对此我十分赞同，但黄药师还有一个重要的历史人物原型却被严晓星忽视了，即唐代著名将领李靖。李靖表字药师，在《虬髯客传》中被描写成为一个风流倜傥、身怀绝技、心存天下的奇男子，与虬髯客、红拂女被称为"风尘三侠"，他对于兵道的熟悉，也在其对太宗的策问中表露无遗，后世流传的还有《李卫公兵要望江南》这样的“词学秘笈”，其中占星、占兽、禳压、风角等奇诡的术法很容易让人想到金庸小说笔下熟知奇门遁甲的黄药师；而在《神雕侠侣》中，以五行及星宿排布大军抗击蒙古的黄药师，显然也表现出非凡的将帅之才，因此我们完全有理由确认，李靖是黄药师的主要原型。

在《鸠摩罗什之事》中，严晓星认为鸠摩罗什被逼和龟兹公主共处暗室而后结合的史实是《天龙八部》中虚竹某段故事的原型，这当然是毫无疑问的，但却可能会引起读者的一些误解即鸠摩罗什是虚竹的原型。其实，《天龙八部》中另一重要人物鸠摩智的原型才是鸠摩罗什，两人同为佛教高僧，皆是国师，均通外文，堪称佛学 / 武学界的“学霸”，且“罗什”亦有“智慧”之意，这种对应是非常明显的。窃以为若严文对这一情况略作交代，似会更加完善。因为，一个文学形象的构成可能有多个原型，而一个历史人物也可能化身千万，衍为不同的文学形象。

严晓星能读懂金庸，很大程度上是因为他理解了金庸的政治情结，在最后一篇《政治情怀》中，严晓星直言“不能忘情于政治，是金庸贯穿一生的信念”。事实也确然如此，金庸当年一手办报纸、一手写小说，时评尖锐犀利，小说也在吸纳历史文化资源的基础上，对现实有所反映，因而当年北京大学召开金庸小说国际研讨会的时候，严家炎教授就称誉香江报界和文学界有查良镛和金庸两座高峰，更值得激赞的是两人本是一人。金庸对现世政治与社会事业的热情，让我们看到了他的侠气，也看到一个传统中国知识人士最终极的牵挂所在。学者钟振振教授曾说，中国古代的诗人往往是政治家的残次品。金庸似乎也没有逃脱出这个命运语谶，但他在能力所及的情况下，做到了最好，取得了令世界瞩目的成就——这是多么不易。

读金庸不可不细心，也不可不耐心。我以前写过不少关于金庸的书评和随感，本以为自己已够细心了，但当看到严晓星的《金庸识小录》，才知道金庸的小说中还有极多极多我没有关注到的细节、没有重视到的情感、没有考究到的典故、没有注意到的联系。严晓星在《金庸识小录》的后记中谦逊地说自己是“以小见小”，因此借《论语》里“不贤者识其小者”的句子来名其著作，其实小书本未尝不能纳涵大意味，《金庸识小录》就是典型的例子。我想，读过金庸和《金庸识小录》的朋友们，也一定会认同我的看法吧。

二〇一三年一月二十四日《时代周报 · 时代阅读》

初版跋

这本小册子的写成完全是一个意外。我这金庸小说的爱好者，平素乱读书，经常发现能和金庸作品联系起来的材料，就随手记下。积累多了，利用这些材料写了一组札记，内容无非是对金庸作品的溯源、索隐、发微与指谬，有时也兼及金庸的思想与个性。因为读书不多，也不曾费心搜求，八年来拉拉杂杂、时断时续，仅写了近五十篇（本书收四十篇），总名之曰《金庸识小录》。

“识小”语出《论语》，所谓“贤者识其大者，不贤者识其小者”。拿“识小”做书名的，从明代到如今怕有几十种罢，硕学鸿儒总是那么谦虚。然而我自忖连谦虚的资格也没有，以“识小”谓此书，也只是老实而已。说到“小”，今人还总爱说“以小见大”。能如此自然好，却也并非所有的“小”中都能见出大来；更多的时候，“小”就是“小”。《金庸识小录》没那么大野心，除了个别篇章，大多仅是“以小见小”。

水平既有限，又志在“以小见小”，那么琐碎、断章取义、牵强附会等等毛病着实难免。《东塾读书记》慨叹说“近人治经，每有浮躁之病，随手翻阅，零碎解说”，我所病者，大抵亦然。好在金庸小说尚未（最好也不要）成“经”，这些札记更像论文后的注脚、闲聚时的谈资，非但无亵渎失礼之虞，还大有东拉西扯之趣。我总想避免诸如评点分析、感慨抒情之类的常见写法，力求短而且精，让材料来说话，而不是只顾自己饶舌。限于能力，我做得还不够好，甚至没达到自己的期望。这本书如果还有什么长处，那或许是它的实在：每一篇都说了点东西，读了总不会毫无所得，哪怕所得很“小”。

金庸先生正在修改他的作品，几种新的修订本已经刊行，但都未及拜读，本书依据的文本还是旧版。其实，即使新版全部出齐，在很长的一段时间内大众广泛阅读与熟悉的也仍为旧版。这些札记如有一点微薄的生命力，可说是全拜这一现象所赐。曾有机会写下《春江花月夜》一则的大意面呈金庸先生，不知是否被及时纳入《书剑恩仇录》的修订；金庸先生看到杨兴安先生文中摘引的《九阴》片断，曾在台湾出版的《神雕侠侣》新版后记中致谢。这可能或已经过时的两则，内地读者也许还有了解的兴致。

除少量发表于报刊，这些札记多数于二〇〇二年初夏在网上面世，没有正式发表。二〇〇四年交付出版社时略作增订，删去了内容过于单薄或者别人已经写过的个别篇章，如谈“三尸脑神丹”的一则。《“皮格马利翁现象”》是个例外——虽然严家炎先生一九九九年初出版的《金庸小说论稿》已经记载了他学生的类似看法。这不仅因为《“皮格马利翁现象”》是最早写成（1996）的札记之一，更因为它留下了我珍重的友人的印记，不免格外偏爱。

巧合往往产生于近似的思路、爱好、习惯与情感。近一年来，我看到了越来越多的巧合，不论是我之于他人的《“皮格马利翁现象”》，还是他人之于我的某些篇章。这里当然不存在什么抄袭的问题，反而证明了这些札记有心人皆可为之。我甚至揣想那些和我一样注意到某些细节、读到某类书籍、产生某些联想的人，他们的生命中似乎有些和我相同的特质，让我感到亲切。他们写出的我所不知道的东西满足了我的好奇心，可补我之不逮的地方更让我感激。天涯社区有位“东南一箫”指出，还珠楼主的《独手丐》里同样有个商家堡，商家堡里同样也有座铁厅，金庸《飞狐外传》关于商家堡与铁厅的描述无疑得之于此。这则材料比我在《铁厅烈火》中所引重要得多，而旧武侠小说既是金庸小说的重要来源，却也恰恰是我提不起兴趣阅读的，缺失自然难以避免。

写这些札记的一九九六至二〇〇四年，是我生命中的重要阶段。不要多久，这本书就会老去，与它相伴的岁月却将长久难忘。我还无法一一列举那些给了我教益的师友的名字，但每看到根据他们意见而修订的地方，我总会想起他们，感到温暖。

二〇〇五年元旦初稿、二〇〇六年春分改定

总说“流光容易把人抛”，就连书，也比人长寿。过了而立之年，顿觉年华似水倾，一旦弃我去，茫然无从问；倒是这本未能如期出版的小书时不时逢人问起，问得多了，便仿佛欠了一笔债——既是欠了始终关注我的友人，也是欠了往昔岁月中的自己。如今终于得以刊行，心里固然欢喜，却也无端地有些惘然。

拖延自然也有好处。近朱者赤，拜“金”者便难免有些金庸的习气—— 一直在修订，偶尔有补写。三年前在北京张立宪先生主持的《读库》上分两期发表的，就是大部分篇章的最新版本；而收在本书中的，又在此基础上略作增订。当然，原先留在网络的种种前期版本，已足够方便某些“研究”者的光顾取材。事先既无法敬谢，此刻只有致谢而已。

二〇一〇年五月六日

增订本跋

写这本书,正好贯穿了我的“二十年代”(1995—2004)。少年无知，贸然公之于众，其初意，在于与友人分享自己的读书之乐。当时中文互联网萌蘖初过，数据库尚在传说之中，无从借力；自己的读书所得虽云粗陋，那份点点滴滴读书的恳切、快然有所得的喜悦，还是值得珍惜。正是如此，在搁笔到初版问世之间的数年里，网络资源已经大为丰富，却有意少予利用，只是对原稿作了极其有限的增订，好像一旦写臃肿了，也就少了最初的意趣。如今又是八年过去，网络几乎已奄有天下，无远弗届，略加检索，资讯便山呼海啸，澎湃而来，这自然是极大的诱惑。然而几经犹豫之后，仍然决定保持本书的基本面貌。我更愿意将本书作为一段人生阅读史的真实记录而存在，深信对知识的热爱与渴求自身足够有意义，无须另作打扮。同时，趣味也决定了洋洋洒洒掰开揉碎的写法非我所喜——与其俯身迎合，不如像熟识的朋友一般，会心一笑。

较之初版，本书增入的内容包括：一、近年新写的三篇《磁山》《叶二娘与诃利底药叉女》《三笑逍遥散》。二、正文中加附三篇文章，一篇是我自己所写，另两篇的作者则是迄今未曾见面的老友，均对正文有所匡补。三、初版面世后，先后见到十篇书评，兹选出两篇，取其议论正大而能补我不足，作为全书之附录。同时，《金庸年谱简编》今已扩充四倍，不宜如初版附之以行，故作另册，与本书联袂面世。

目前所见与金庸小说相关的著作，大约不下两百种，新垣平的《剑桥倚天屠龙史》无疑是我的第一热爱。这次出版增订本，承他赐序，极为感谢。我写的其他书，陆蓓容全不上心，独独对这本少作，十八年来青睐不减。请她题签，也是再允当不过。

很喜欢《天龙八部》的五首回目词。吟咏非金庸之所长，偏偏这五首词妙手偶得，如有神助。回首我的金庸阅读史，五首第一首《少年游》首句“青衫磊落险峰行，玉璧月华明”，心情略似。

严晓星 二〇二〇年五月十日

图书在版编目（CIP）数据

金庸识小录 / 严晓星著 . — 增订本 . — 成都 : 四川文艺出版社 ,
2021.9 (2025.12重印)
ISBN 978-7-5411-5927-5

Ⅰ . ①金… Ⅱ . ①严… Ⅲ . ①金庸－侠义小说－小说
研究－文集 Ⅳ . ① I207.425-53

中国版本图书馆 CIP 数据核字 (2021) 第 149308 号

金庸识小录（增订本）

严晓星 著

出品人 冯 静
策　划 苟世建
责任编辑 张亮亮
题　签 陆蓓容
装帧设计 季晓光
责任校对 蓝 海
责任印制 崔 娜

出版发行 四川文艺出版社（成都市锦江区三色路238号）
网　址 www.scwys.com
电　话 028－86361802（发行部） 028－86361781（编辑部）

印　刷 成都东江印务有限公司
成品尺寸 125mm×205mm　开　本 32 开
印　张 6.75　字　数 120 千
版　次 2021 年 9 月第一版　印　次 2025 年12月第二次印刷
书　号 ISBN 978-7-5411-5927-5
定　价 59.80 元